GENETIK CORP.
de Patrick de Friberg
est le neuf cent soixantième
ouvrage publié chez
VLB ÉDITEUR

VLB ÉDITEUR
Groupe Ville-Marie Littérature inc.
Une compagnie de Quebecor Media
1010, rue De La Gauchetière Est
Montréal (Québec) H2L 2N5
Tél. : 514 523-1182
Téléc. : 514 282-7530
Courriel : vml@groupevml.com

Vice-président à l'édition : Martin Balthazar
Éditeur : Stéphane Berthomet
Maquette de la couverture et de l'intérieur : cyclonedesign.ca
Photo de l'auteur : © Années Lumière

**Catalogage avant publication de Bibliothèque et Archives nationales
du Québec et Bibliothèque et Archives Canada**

Friberg, Patrick de
Genetik Corp.
Texte en français seulement.
ISBN 978-2-89649-388-3
I. Titre.
PQ2706.R52G46 2012   843'.92   C2011-942654-4

DISTRIBUTEURS EXCLUSIFS
• Pour le Québec, le Canada
  et les États-Unis :
  LES MESSAGERIES ADP*
  2315, rue de la Province
  Longueuil (Québec) J4G 1G4
  Tél. : 450 640-1237
  Téléc. : 450 674-6237
  *filiale du Groupe Sogides inc.,
  filiale de Quebecor Media inc.

• Pour l'Europe :
  Librairie du Québec / DNM
  30, rue Gay-Lussac
  75005 Paris
  Tél. : 01 43 54 49 02
  Téléc. : 01 43 54 39 15
  Courriel : direction@librairieduquebec.fr
  Site internet : www.librairieduquebec.fr

Pour en savoir davantage sur nos publications,
visitez notre site : editionsvlb.com
Autres sites à visiter : editionshexagone.com • editionstypo.com

Dépôt légal : 1er trimestre 2012
Bibliothèque et Archives nationales du Québec, 2011
Bibliothèque et Archives Canada

© VLB ÉDITEUR et Patrick de Friberg, 2012
Tous droits réservés pour tous pays
ISBN 978-2-89649-388-3

GENETIK CORP.

DU MÊME AUTEUR

Mission Oxygène, récit, Filipacci, 1986.

Isabelle, roman, J.-M. Laffont, 1990.

Passerelle Bankovski, roman, J.-M. Laffont,
coll. « Les portes du monde », 2005.

Homo futuris, roman, Des Idées & des Hommes, 2006.

Exogènes, roman, Des Idées & des Hommes, 2007.

Le dossier Déïsis, roman, Le Castor astral, 2009.

Le représentant, novella, ALIRE, 2010.

Momentum, roman, Goélette, 2011,
Grand Prix 2011 du Cercle Caron.

PATRICK DE FRIBERG

GENETIK CORP.

vlb éditeur

VLB éditeur bénéficie du soutien de la Société de
développement des entreprises culturelles du Québec (SODEC)
pour son programme d'édition.

Gouvernement du Québec – Programme de crédit d'impôt pour l'édition
de livres – Gestion SODEC.

Nous reconnaissons l'aide financière du gouvernement du Canada par
l'entremise du Fonds du livre du Canada pour nos activités d'édition.

Nous remercions le Conseil des Arts du Canada de l'aide accordée
à notre programme de publication.

À Véronique Anger, ma muse, mon amour

Le soleil écrasait l'océan. C'était l'une de ces journées de printemps qui annonce le début des excuses des salariés, des resquilleurs, des tricheurs, tous ceux qui abandonnent leur poste pour quelques minutes de soleil sur leur peau aigre de pauvres citadins asservis.

Voilà ce que pensait Guy Gagnon.

Il perdait son temps. Il détestait ne pas travailler. Gagner et gagner toujours plus de ce fric qui fait le sang de l'humanité, telle était la seule jouissance qu'acceptait son esprit parfait.

À mieux y penser, là, sur le fauteuil de cuir de son bateau, il en aurait pleuré. Pour la tranquillité de ses avocats, il avait pourtant signé. Bien sûr, il regrettait d'avoir écouté le psy, lequel n'avait même pas eu peur de lui. Avant de tendre la main pour agripper le chèque de ses honoraires d'escroc patenté, ce minable avait ânonné : « Une paisible journée de pêche, loin des habitudes, de la permissivité de la consommation, guérit les paresses modernes et resserre les liens familiaux », puis ajouté, avec une dose de sadisme : « Vos avocats comprendront que le tribunal me donne pouvoir d'accorder cette journée de détente à votre fils. » Pantoute !

Encore un idiot qui plaçait l'homme au centre de l'univers. Il suffisait pourtant d'ouvrir les yeux pour voir que Guy Gagnon était le seul être auquel il était nécessaire de témoigner le moindre intérêt.

Le psy l'avait regardé par en dessous, probablement sans croire un traître mot de ce qu'il exposait doctement à son patient si riche et

pourtant si dangereux. Mais Gagnon s'en fichait : il se savait si différent de la masse grouillante. Il s'agissait là d'une de ces obligations
juridiques exigées par sa future ex-femme – *cette chienne* –, la contre-
partie de la victoire de Gagnon devant les tribunaux.

La chienne... Trente et une séances à endurer ce psy ! Gagnon avait
compris que ça équivalait à trente et une vengeances mesquines de
la part de la femme qui lui avait permis de créer sa fortune. Ensuite
de quoi, elle avait entrepris de transformer sa boulimie de ragots en
kilos superflus, graisse et peau d'orange sur les cuisses. *La chienne,
la chienne...*

À la douzième discussion « thérapeutique », il avait eu une révélation.
Il y avait dans le bureau du médecin une montagne d'exemplaires de
son dernier essai, dont le sujet était la libido des adolescentes, une
montagne qui ne cachait pas la vue sur le stationnement et sa place
centrale réservée à la Bentley cabriolet toute neuve du bon docteur.
À la couleur de la carrosserie, choisie avec le même goût douteux
que possédait la mère de son abruti de fils, Gagnon avait soudain
compris que le pseudo-thérapeute ne pouvait qu'être l'amant de son
ex. Et dire que, six mois durant, le détective qu'il avait payé avant le
grand procès n'avait pas été foutu de le découvrir.

La chienne, la chienne, la chienne...

Ou plutôt, Gagnon le savait maintenant, le privé avait aussi été payé
double tarif par sa femme pour ne rien révéler. Peut-être aurait-il
touché encore plus d'argent en revendant les secrets glanés pendant son enquête, mais Gagnon ne lui avait pas laissé le temps de
couiner toutes ces vérités que l'approche de la mort libère, quand il
lui avait fait boire sa première et ultime gorgée de ce ciment liquide
qui avait servi à couler la dalle de son dernier building.

Écartant de la main la mouche qui s'approchait de ses lunettes de
soleil, Gagnon soupira d'aise en songeant aux milliards qu'il avait
déjà blanchis. Un baume pour ne plus penser au chèque qu'il allait
faire au moment du divorce, la semaine prochaine, à cette...

— La chienne, la chienne, la chienne !

Dans une stéréophonie parfaite, diffusée par la chaîne hi-fi qui n'avait
presque jamais servi depuis son achat, le piano de Keith Jarrett s'endormait sur le *Köln Concert*.

Une vague lente et longue entraîna le bateau vers le large, tirant sur la chaîne de l'ancre.

Le lien familial – *oui, parce qu'on est de la même famille, petit con de niaiseux !* – avait été l'un des arguments principaux qu'il avait avancés pour sortir son fils de l'apathie d'une de ces journées d'été qu'il passait à boire du Coke, rivé devant des séries télévisées stupides tournant en boucle sur l'écran monstrueux qu'il venait de lui offrir pour agrémenter sa salle de jeu. L'erreur avait peut-être été d'acheter, par la même occasion, un sofa profond et trop confortable, ainsi qu'un repose-pieds en peau de buffle retourné. Gagnon ne comprenait rien à l'éducation, encore moins aux enfants, dont la nonchalance, les pantalons aux fesses, les lacets distendus et les envies démesurées flattaient seulement son orgueil de nouveau riche : payer et payer encore, juste pour avoir la paix.

À présent, Diana Krall, perle rare de la Colombie-Britannique, s'énervait sur un chant de Noël. Gagnon soupira, mais d'ennui cette fois, et baissa le son. Il irait se taper une pute ensuite, plus tard, et par la même occasion ferait déniaiser son abruti de rejeton.

La chienne...

Deux années s'étaient écoulées, de procédures en expertises, couronnant ce que des personnes plus sensées qualifient de compétence chez un avocat, pour aboutir à la garde de l'adolescent et à un divorce qui allait lui coûter un million de piastres et au moins vingt mille dollars supplémentaires en conseils et pots-de-vin divers. Il connaissait tout de la manœuvre judiciaire, les billets qui s'échangent pour monter un dossier bidon et enrichir les avocats, les rencontres discrètes avec les juges, les échanges de bons procédés et la montée en pression parallèle des lobbies. Le syndicat de la construction avait ainsi offert au juge le chalet de ses rêves. Gagnon avait réussi, dans le même temps, à prendre la présidence de l'entreprise dont son ex-femme avait hérité de son papa adoré, un saint homme, et qu'il avait développée tout seul, en usant d'un savoir-faire unique pour manipuler, tromper et, au final, voler ses clients et concurrents.

La chaîne d'ancre tira encore et le bateau gîta, lui faisant verser un peu de whisky sur la maroquinerie.

Gagnon contemplait les deux œuvres de sa vie : un garçon issu d'un accident de préservatif et un groupe d'entreprises puissantes, tous deux fruits d'un mariage malheureux. Mais, concernant son fils, il hésitait toujours à prendre une décision radicale et salutaire. Ce n'était pas la morale qui le retenait, il n'en avait aucune et pouvait tuer sans hésitation. Il était tout-puissant face à l'œuvre des hommes. Le détective, comme une dizaine de pauvres types avant lui – politiques, bellâtres de la jet-set, concurrents –, avait goûté à sa liberté d'action. Le fils de Gagnon avait quatorze ans, ressemblait à sa mère, mais avait l'embonpoint et la taille surprenante de son père, ainsi que le même dégoût du moindre effort physique.

— Si la vague continue à bahuter le bateau, on va tous être malades, et s'il l'ouvre encore pour faire le niaiseux, je le noie, pensa-t-il.

Ils auraient dû se rapprocher, mais tout ce que voyait le père dans le regard de son fils se résumait à un bouillon trop liquide où rien ne flottait, pas même un quelconque centre d'intérêt, ni la plus infime trace d'envie de bouger son gros derrière, si ce n'est pour souiller les meubles de la maison de ses crottes de nez, tout en lui parlant des OVNI, fantômes et autres âneries qui aident les abrutis à croire en un futur terrible, alors qu'il leur suffirait d'ouvrir les yeux pour comprendre que le monde appartient au plus gourmand. Guy Gagnon était un pragmatique.

Il avait failli abandonner tout espoir d'entraîner son fils dans cette sortie marine quand enfin, contre toute attente, alors qu'il allait baisser les bras, il avait réussi à le tirer hors de la climatisation de sa retraite solitaire en lui faisant miroiter le cadeau de la dernière console de jeu à la mode. Il n'avait même pas entendu que l'adolescent lui parlait d'une recrudescence de phénomènes paranormaux au large de Vancouver, de bêtes échouées, de nappes écarlates de chairs et de sang flottant à la surface. Un peu plus, justement, et le sang de son sang aurait terminé sa promenade sur le fleuve, dans un sac plastique lesté d'une paire d'haltères.

Gagnon soupira en songeant qu'il lui restait cinq jours à supporter la morgue et l'odeur entêtante de sa progéniture, avant de le renvoyer dans sa pension bostonienne pour riches paresseux et de pouvoir enfin retourner à ses bureaux. Il n'avait que faire des bulletins catastrophiques et des appels à l'aide des psychologues et maîtres. Selon eux, l'adolescent avait besoin d'un peu plus de présence et d'affection de sa part. Gagnon considérait que l'argent que son fils recevrait en héritage – *le plus tard possible, p'tit con, faut pas trop rêver tout de même* – lui suffirait amplement pour mener une vie sociale et amoureuse qui le distraie de sa solitude et de sa sottise. Il le savait, et en connaissance de cause.

Les plus belles femmes du monde l'entouraient depuis qu'il avait gagné son premier milliard. L'argent lui permettait de tromper son épouse sans avoir à payer des prostituées. Avec l'argent, sa beauté n'avait d'égal que le nombre de zéros qui décoraient son relevé de banque. « L'argent efface les différences. » C'était l'une de ses maximes préférées.

La chaîne débita doucement *Romance in the dark*, chantée par Dinah Washington et il songea à sa nouvelle maîtresse, une splendide Noire aux jambes interminables qui était tombée dans son lit aussitôt après avoir reçu la promesse d'un poste dans le service déjà très encombré des relations publiques. Elle ne parlait pas un mot de français, ni même deux d'anglais. Il n'avait pas encore éprouvé le besoin qu'elle le saoule de sons autrement plus intéressants que les cris parfaitement explicites de sa jouissance, lorsqu'elle posait les yeux sur les cadeaux qu'il lui faisait en échange d'une fellation, ou qu'elle montre autre chose que de l'extase lorsqu'elle se pendait à son bras dans les soirées mondaines.

« Une femme ne simule pas devant un diamant », une autre de ses maximes préférées.

Il hoqueta de plaisir à la pensée qu'elle allait s'installer auprès de la responsable du service, une vieille matrone qu'il nommait son eunuque du harem et qui l'avait prévenu ce matin de ne pas prendre la mer. Encore une qui croyait aux songes prémonitoires. Il ferma les yeux, imagina le vide et le nettoyage qu'il allait faire parmi ses employés à la rentrée de septembre, pour ranger derrière un bureau une nouvelle paire de seins à faire suffoquer un pape orthodoxe.

— Papa, tu m'avais promis qu'il n'y aurait pas de vagues. Tu sais bien que je ne supporte pas le roulis. Je vais vomir !

Le teck ne supporte pas l'acidité gastrique, surtout quand ce bois précieux dépasse les cinquante ans d'âge et qu'il a quitté l'eau douce du lac Léman – *c'est en Suisse, idiot ! Comme l'emmental* – pour se frotter à la salinité perverse du Saint-Laurent, là où il se marie à la marée de l'océan Atlantique.

— Ne me traite pas de menteur ! Va plutôt nager, ou ramène-nous donc un poisson. Cela rentabilisera ta canne à pêche. À part faire rigoler le vendeur quand tu as souri à sa blague stupide sur la pêche à la baleine, elle n'a pas encore servi à grand-chose. Tu sais qui c'est, ce Jonas ?

— Papa, t'as vu ?

Guy Gagnon ne répondit pas à son fils. Il regardait dans une autre direction, vers le nord, vers l'estuaire qui fait disparaître les côtes pour prévenir des mystères du grand large. Il avait perçu un éclair rouge, à la limite de son champ de vision.

Une tache de sang, un animal, un phoque ou un gros poisson qui se débattait, poursuivi par une main écarlate qui l'écorchait, avant de le lancer dans les airs.

S'il n'avait peur de rien sur terre, il se sentait menacé dès qu'il posait le pied sur un bateau. Pourtant, se conformant aux normes sociales qui le plaçaient en haut de la pyramide, il avait dépensé des millions pour acquérir ce joyau de la construction navale. Il se redressa, tenta de localiser l'endroit où la chose était apparue, mais la surface de l'eau était immaculée, elle avait retrouvé sa sérénité des jours de calme plat. Il tenta de penser à autre chose, à sa femme qui devait se prélasser dans le lit de son psy.

La jolie chienne.

Surgie de son subconscient, une image tirée d'un de ces films d'horreur qu'appréciait son fils s'imposa à son esprit. De l'hémoglobine et des femmes nues, des monstres marins et des dialogues d'une indigence digne d'un roman de Bombardier. Il ne supportait pas les trucages, toujours aussi mal ficelés que lesdits romans. Le « Oh ! » qu'il avait poussé aurait été une parfaite amorce de chapitre.

Sans bouger de son siège, il se demandait s'il avait été le seul à remarquer le phénomène. Son fils grognait en tentant, pour une énième fois, de démêler le fil de la canne. Le marin du bord, un quasi-muet qui ne lui coûtait presque rien, continuait de passer la crème nourrissante sur le pont, comme on protège les fesses d'un bébé.

Guy Gagnon haussa les épaules et but une autre gorgée de whisky. Il avait dû rêver. Il ne croyait pas au surnaturel.

Il était sans doute fatigué, stressé d'avoir passé ces quelques semaines avec son nigaud de fils, bien plus épuisé que s'il avait tenté de conquérir de nouvelles entreprises ou de nouvelles jambes de top models. Il se reposerait à son retour. Il fondrait alors, comme un rapace, sur une firme affaiblie par la crise financière, de préférence une authentique entreprise familiale, tenue par des générations de de bons papas et de fils, qui viendraient le supplier en pleurant de leur laisser leurs petits ouvriers.

Il était tout-puissant, rien ne l'arrêterait.

Il tendit la main vers la télécommande de la chaîne stéréo, poussant le son au maximum. Thierry Tocanne faisait pleurer de son piano les notes de George Gershwin. *The man I love*.

Guy Gagnon aimait le coulis de jazz, rien de très compliqué, comme on peut aimer la musique classique en écoutant du Richard Clayderman – ces partitions pour amateurs dont un ami lui avait confié que c'était un mobile parfait de meurtre dans un ascenseur.

Il fallait qu'il se reprenne. Guy Gagnon, le puissant homme d'affaires, le demi-dieu de la finance, le charognard redouté, n'en avait plus que pour quelques dizaines de minutes à subir le supplice de cette garde d'enfant. Après quoi, il pourrait rentrer à sa résidence d'été. Il soupira encore en regardant l'adolescent et la pathétique pelote de fil de pêche qui s'étalait maintenant à ses pieds. Il aurait dû imaginer l'infanticide au lieu de perdre son temps à rater le meurtre de son ex. Encore de l'argent dépensé pour rien. Le détective avait non seulement siroté son whisky, mais avait aussi tenté de le faire chanter après son refus de lui accorder une rallonge financière. Il était décédé sans une prière, la bouche ouverte.

Gagnon tourna la tête. L'ombre qu'il avait déjà aperçue revint à la surface, mais plus proche, plus claire, cette fois. Il ne s'était pas trompé, ou alors on avait versé un kilo d'euphorisants dans son alcool.

Un béluga perdait ses intestins dans une éclaboussure d'horreur, à faire rougir l'océan entier, la gueule ouverte sur le vomi d'une masse vivante, grouillante, de millions de choses de ce qui ressemblait à des insectes. Il pensa au tsunami qui avait ravagé le Japon, un an plus tôt, et l'avait enrichi de la vente de millions de masques de papier, qui n'avaient retenu que l'haleine puante des Japs. Il connaissait l'existence de ce laboratoire dévasté par la grande vague. Des aquariums de recherche sur le krill avaient disparu.

Gagnon n'aimait ni les hommes, ni sa chienne de femme, encore moins ces « tarés » de Japonais. Mais, en cet instant, sa femme lui manquait terriblement. Dans le silence de l'océan, Louis Armstrong marmonna en riant de toutes ses dents un sublime *Hello Dolly*. Gagnon sentit la peur passer de son estomac à son bas-ventre, une peur si irrépressible qu'il en pissa dans son maillot de bain.

Il n'y avait pas d'arme sur le bateau, il se le rappelait. On se sent pourtant mieux avec un demi-kilo d'acier dans la main. Il regrettait à présent d'avoir jeté à la mer le flingue qui avait incité ce reliquat de privé, avec son imperméable et son chapeau mou démodés, à apprendre à nager dans une fosse de béton frais. Le détective avait participé à la fondation d'un claque de luxe, envié de toutes les capitales du monde, qui était aujourd'hui un des fleurons du groupe de Guy Gagnon. L'homme d'affaires s'en voulait presque de la mort du limier, un homme d'action capable de sortir sa mitraille devant l'innommable.

— Mais, Papa, dis ? T'as vu ?

— Ta gueule, tu l'ouvres encore et je te noie !

Il détourna les yeux de la bête agonisante qui était remontée à la surface à quelques mètres d'eux. Il hésita à les poser sur le glaçon rassurant au fond de son verre vide, eut enfin le courage de regarder ce que son rejeton lui montrait de son doigt boudiné. À l'avant du yacht, sur ce qu'il appelait la proue, le marin silencieux qu'il avait embauché pour l'été avait les yeux rivés dans la même direction.

Au loin, la mer roulait sous une houle puissante, le dos rond, brillant au soleil, rougeâtre. Autour du béluga, l'eau, étale, continuait de refléter les nuages épars et les oiseaux de plus en plus nombreux à participer à la curée.

Gagnon n'arrivait pas à mettre un nom sur la musique qui sortait des enceintes. Il avait à peine conscience que son fils lui martelait la poitrine de ses petits poings en hurlant un pathétique appel au secours. Il ne pensait qu'aux yeux de sa femme, la première fois qu'il l'avait vu. Il était toujours amoureux dingue d'elle.

L'enfant reprit sa canne à pêche comme pour se défendre, et le marin lâcha un juron en essayant de faire démarrer le moteur, un V12 Lamborghini, au son mélodieux et à l'humeur difficile.

La vague atteignait la hauteur d'un petit immeuble et semblait soudain changer de direction.

Elle obliqua vers l'embarcation, décrivant un élégant et silencieux virage. L'enfant pleurait, gargouillant de salive et de larmes. Guy Gagnon, l'invincible, était debout, la bouche béante, les yeux grands ouverts tournés vers l'enfer qui approchait.

Le saxophone de Joe Henderson pleura *Punjab* sur les enceintes Bose de la chaîne stéréo.

Le marin cria ce qui devait être le nom de sa mère, ou celui de sa blonde, puis jura en polonais qu'il en avait soupé de bosser pour un richard qui payait pour les stupidités de son abruti de fils.

Après un sursaut électrique et un léger nuage de fumée, le roulement rassurant des douze cylindres fit retenir son souffle. La poupe plongea dans l'eau comme un félin prépare le saut qui le sauvera d'un prédateur plus gros, plus aguerri, plus impitoyable. Mais il était déjà trop tard. Une main de géant s'abattit sur eux.

Le mur rouge et grouillant s'était figé avant de retomber sur l'embarcation. Il n'y avait plus d'avocats, de juges corrompus, d'enveloppes échangées. Ils n'eurent pas le temps de pousser un cri que la masse vivante les avait déjà engloutis. Seule la musique, qu'un coffre amphibie protégeait des éléments, accompagna le bateau et ses occupants vers les profondeurs. Mais personne n'était vivant pour apprécier les trompettes et les cordes du *Goodbye Love* cher aux historiens du *Titanic*. Pas de coucher de soleil romantique, pas de proue dressée au-dessus des flots, pas de capitaine saluant la mort et sa faucille étincelante. Ils furent broyés dans d'épouvantables gargouillements et grincements de chairs et de bois torturés.

Ce n'est que plusieurs jours plus tard que les journaux rapportèrent la disparition de l'homme d'affaires, de son fils et d'un marin anonyme, qui aurait pu être grec, mexicain ou polonais, mais resterait pour toujours sans papier et sans passé.

La marée avait rejeté les restes du bateau de collection complètement broyés.

Des amateurs de théories fantastiques tentèrent bien d'expliquer que les traces relevées sur le vernis de la coque avaient été laissées par des dents minuscules, que les trois hommes avaient été dévorés par un monstre marin inconnu ou l'un de ces objets non identifiés dont les rumeurs se nourrissent, mais la presse ne rapporta aucune de ces thèses farfelues. On avait discrètement, mais fermement, demandé aux rédacteurs en chef des journaux à sensation de passer sous silence les circonstances troublantes de l'accident, le temps que les équipes des services de renseignement fassent leur grand nettoyage.

L'ex-femme de Guy Gagnon apparut au bras de son médecin personnel, un psychiatre, propriétaire d'une Bentley cabriolet à la carrosserie d'un rose soutenu. Elle cachait sa joie derrière de grandes lunettes noires. Elle ne saurait jamais que son ex avait hurlé son amour alors qu'il s'enfonçait, broyé, vers un garde-manger sous-marin.

Elle rassura les marchés en promettant de reprendre la place de présidente qu'elle avait précédemment abandonnée à son ex-mari, en attendant que toute la vérité soit apportée au mystère de la disparition de ses proches lors d'une simple sortie de famille. Les rumeurs repartirent de plus belle au sujet de la disparition du détective qui l'avait défendue lors de son divorce.

Il n'y avait eu aucun témoin de l'événement qui marqua pourtant l'arrivée sur les côtes atlantiques d'une nouvelle espèce sous-marine conçue par le laboratoire Genetik Corp. Entreprise de recherche en organismes génétiquement modifiés, Genetik Corp. était installée dans une petite ville du Japon proche de Sendaï et protégée par un discret mur d'enceinte, cela avant de subir l'assaut de la vague gigantesque de mars 2011. Un été chaud avait ouvert de manière exceptionnelle la route maritime du Grand-Nord entre l'Alaska et le Labrador, le grand nettoyage côtier du tsunami venait ainsi de contaminer le monde entier.

La volonté de produire une espèce forte et résistante aux maladies avait mené les chercheurs à ajouter un gène de protection virale du frelon à une souche de paisibles crevettes rouges, créant ainsi un essaim de plusieurs millions de bêtes tueuses, dont la reine, qui pondait à un rythme insensé, réclamait de plus en plus de nourriture pour sustenter les milliards de larves qui peupleraient bientôt les océans.

L'Homme avait créé sa dernière monstruosité et seul Guy Gagnon aurait pu témoigner.

1

Les trois invités étaient emmitouflés dans des parkas marquées, à la poitrine, d'un écusson en forme de dauphin stylisé. Devant eux, les bassins de la ferme piscicole s'étendaient à perte de vue, bougeant paisiblement au rythme lent des vagues de la Baltique. Le soleil était encore haut, presque à son zénith. Bientôt, dès la fin du mois d'octobre, dans quelques semaines à peine, l'astre ne serait plus qu'une boule terne se levant et se couchant pendant une poignée de minutes volées au souvenir des langueurs estivales. Pourtant, l'automne continuait à offrir une douceur surprenante, et le monarque russe s'étonna de la différence de climat entre cette partie de l'ancienne Grande Russie du tsar et les terres du Bélarus ou de l'Ukraine, seulement éloignées de quelques centaines de kilomètres vers l'est, dans l'axe direct de la capitale de toutes les Russies.

Le scientifique qui accompagnait les visiteurs leur avait longuement et péniblement expliqué d'où venait la douceur lettone. Le président russe n'avait retenu que le résultat : grâce à la différence de pression résultant des écarts de températures entre la Baltique et le golfe de Riga, le plancton proliférait dans ces eaux grisâtres. Les invités imaginaient cette « soupe primaire », comme l'appelait leur hôte, grouillant de cette vie microscopique, clapotant sur la coque du hors-bord, un élégant Riva à l'accastillage étincelant et au pont en bois de teck huilé. Cette « soupe » allait les rendre riches.

Au-delà des bouées rouges et blanches attachées aux filets et aux bassins de la ferme, la mer s'étendait jusqu'aux golfes nordiques, celui de Botnie, le plus au nord, celui de Finlande, le plus à l'est, et celui du Danemark, le plus au sud. Au loin, droit devant, on soupçonnait l'île de Saaremaa, bouchant la vue vers la Norvège. Sur la droite brillait un filet rougeoyant, reflet du soleil couchant sur le sable blond des côtes estoniennes, lointaines et proches à la fois, à près de quarante kilomètres. Dans le premier réservoir de haute mer, présenté comme un incubateur industriel par l'ingénieur du centre de biologie marine de Genetik Corp., grouillaient des milliards de larves translucides. Elles répondaient aux mouvements qu'un fermier, un jeune apprenti, faisait en leur lançant de grandes poignées de granules nutritives. La masse semblait suivre le geste ample du semeur, marquant en surimpression, de l'autre côté du miroir liquide, la trace exacte de l'impact de la nourriture sur la surface de l'eau.

L'ingénieur expliqua que la nouvelle espèce était le fruit de la manipulation génétique du krill de Norvège, adoré des baleines et des bancs de saumons, et d'un croisement avec la crevette rouge de Guyane. Elle devenait adulte en quelques jours, au lieu de plusieurs semaines. On lui avait inoculé plusieurs exogènes, dont le plus intéressant provenait d'une culture d'essaim d'abeilles. Grâce à cette manipulation, l'espèce jouissait d'une défense immunitaire qui s'apparentait à un antibiotique presque universel. Une fois adultes, les animaux devenaient résistants aux maladies qui, en raison du réchauffement des eaux et de la pollution marine, affectaient depuis des années le rendement des pêches en diminuant la qualité des candidats à la vente. La crevette produite par le laboratoire avait la taille d'une langoustine, la résistance aux virus d'une abeille et la qualité gustative de la crevette rouge des Antilles.

Le Russe, engoncé dans sa parka à l'allure militaire, sembla se réveiller d'un rêve profond, les yeux fixés vers les profondeurs de la mer. Il toucha l'eau froide de la main, la respira, puis il se tourna vers le jeune chercheur.

— Ça marche comment, votre croisement entre abeilles et crevettes ?

L'homme rit à la remarque de l'oligarque. Il poussa de sa gaffe le bateau qui cognait contre le bassin avant de répondre.

— La technologie ne permet pas encore de « croiser » des espèces différentes, non. Nous avons introduit le gène de l'antibiotique, dans ce cas une protéine unique, grâce à un vecteur que nous avons sélectionné. Pour les crevettes, nous nous servons d'un virus. Nous aurions pu injecter de l'ADN directement, mais les premières étapes de la recherche ne l'ont pas permis. Après, par travail de croisement, cette fois entre familles identiques de crevettes – celles qui survivent à la manipulation –, le gène va s'exprimer en déclenchant la fabrication automatique, c'est-à-dire génétique, de la protéine. Bien entendu, c'est grâce aux sommes faramineuses que vous avez bien voulu investir dans notre laboratoire que nous avons pu relever ce défi scientifique.

Au rappel des montants investis, les hommes se penchèrent par-dessus bord en essayant de comprendre ce qui différenciait le fruit de ces manipulations du banc original de crevettes pêché au large de la Guyane. Ils ne virent dans l'eau qu'un bouillonnement de futurs dollars et de beaux euros à la chair tendre et à la carapace bien rouge. Dès les premiers essais d'introduction en Bourse, les prix obtenus avaient dépassé toutes les espérances. Après une année d'expériences industrielles, le bilan était plus que prometteur : d'ici quinze ans, la production, bientôt illimitée et protégée par un brevet mondial, assurerait les besoins alimentaires du monde entier à un coût de revient quasi nul.

— Rien qu'ici, dans ces dix couveuses, avec l'abondance de plancton dans le golfe de Riga et quelques ajouts de nourriture riche en farine animale, on peut couvrir les besoins de tous les pays baltes. Et je ne vous parle pas des produits dérivés, tels que la carapace de cette crevette, incroyablement plus productive que toutes les bases pétrolières, surtout pour l'industrie cosmétique. Nous menons aussi des expériences au Japon, près de la ville de Sendaï. Nous avons aussi des installations dans les Açores, l'une des régions les plus riches en plancton parce qu'elle se trouve au milieu du Gulf Stream, qui produiront le double de krill modifié, ainsi qu'en France, en Afrique du Sud, dans les Antilles et en Somalie. Mais, je ne voudrais pas retarder votre programme. Passons à la suite de la visite, le troisième bassin.

Une rangée de bouées bleues séparait l'enclos des crevettes d'un autre bassin au milieu duquel un nuage de poissons évoluait doucement : des saumons, qui se retournaient légèrement sur leur passage, guettant la nourriture qu'on allait peut-être leur donner. Fier de sa démonstration, le guide précisa qu'avec cette nouvelle race on obtenait des individus de plus de soixante centimètres de longueur après seulement un mois d'incubation. L'ingénieur sortit un filet de l'arrière du bateau et, d'un geste précis, pêcha un gros spécimen qui s'abattit, sans réaction, sur le fond en teck huilé. Il happa de l'air, roula des yeux et fit claquer sa gueule ouverte sur une multitude de dents acérées, puis cessa de bouger.

— Voici une truite. À la base, un vulgaire *Onchorhincus mikiss*. Elle vit habituellement dans l'eau douce, remontant les rivières pour s'y reproduire, mais elle passe ensuite le reste de sa vie dans les océans. Ce n'est qu'une des nombreuses espèces de la famille des salmonidés. Nous l'avons croisée génétiquement avec d'autres espèces afin qu'elle garde la chair tendre qui la rend si précieuse aux yeux des grands restaurateurs et amateurs du monde entier, tout en améliorant sa taille. Mais le plus intéressant, c'est que nous avons manipulé un gène étonnant, trouvé sur un bousier d'Afrique du Nord. L'insecte peut s'enterrer des années durant en attendant la pluie et le réveil de la nature. Cette nouvelle race de truites possède la même caractéristique d'être presque totalement insensible au stress extérieur. Regardez ce mâle. Il semble mort, mais il peut rester là, pendant quelques dizaines de minutes, les fonctions vitales tournant au ralenti. Si je le rejette ensuite dans un bac d'eau de mer, et bientôt – nos recherches approchent de leur but – dans de l'eau douce, il va frétiller comme un goujon. Nous approchons du résultat final. Encore quelques mois...

De son gant de cuir épais, il prit le saumon par les ouïes et le rejeta dans l'eau. L'animal bougea à son contact, l'opercule qui protégeait ses yeux s'ouvrit. Sans transition, en l'espace d'une seconde, il s'était fondu dans le banc tournoyant et avait repris sa place dans la ronde de ses congénères. Concrètement, la manipulation génétique décuplait le temps de fraîcheur alimentaire, réduisant les pertes entre la ferme piscicole et l'assiette du consommateur, faisant disparaître les contraintes sanitaires de la chaîne du froid. Bientôt, il serait possible d'entreposer des milliers de truites saumonées dans des casiers, depuis la Lettonie jusqu'à l'Afrique du Sud, en attendant de les exporter. Ensuite, les caisses seraient chargées dans des camions ou des trains, et les poissons seraient reconditionnés dans des bacs d'eau de mer ou d'eau douce à leur arrivée à destination, n'importe où dans le monde, et ce, plusieurs jours après avoir été pêchés.

Les trois hommes, le Russe aux yeux gris, le gros Anglais, dont le teint grisâtre indiquait qu'il allait se trouver mal s'il ne regagnait pas rapidement la terre ferme, ainsi que le grand Français, bientôt premier ministre, examinèrent de nouveau la ferme piscicole. Ils avaient sous les yeux la solution qui réglerait la faim dans le monde en couvrant la moitié de la consommation mondiale en énergies fossiles. Associés à cette entreprise, ils devenaient, sans que personne puisse arrêter leur ascension, les représentants de la plus grande compagnie de tous les temps. Il était indispensable de garder le secret sur l'opération jusqu'à la fin des évaluations techniques, mais bientôt leurs noms s'inscriraient en lettres d'or dans les livres d'histoire : ils connaissaient le moyen de sauver le monde de la faim, cette plaie inexorable qu'entraînait la course infinie de l'expansion de l'humanité. Perdus dans ces rêves de grandeur, ils gardèrent le silence en revenant à Jūrmala, la plage réservée aux populations riches de la banlieue de Riga.

Accueillis par les cris de jolies blondes souriantes qui traînaient le bateau sur la plage, ils acceptèrent les coupes de champagne et retroussèrent leur pantalon pour sauter du bateau et rejoindre leurs invités autour d'un barbecue géant. Malgré l'hiver et grâce à des souffleurs d'air chaud, la plage avait été métamorphosée en île polynésienne. Les moyens financiers et techniques déployés devaient montrer aux futurs associés l'importance du projet.

Ce soir, l'Anglais, un avocat du nom de George Edward Hampton, leur expliquerait à tous comment il avait imaginé le lent et confidentiel processus de financement. En une dizaine d'années, il aurait réuni les moyens financiers nécessaires pour que lui et ses partenaires de leur société Genetik Corp. deviennent avant 2012, les propriétaires uniques de la principale source alimentaire mondiale.

2

AOÛT 2012

George Edward Hampton admirait ses ongles sales et noirs, souillés par la boue et le cambouis. Il était à la fois fier et effrayé du résultat obtenu. Ce maquillage infime et néanmoins visible était convaincant.

D'une tirade révoltée, vieil instinct d'avocat de la défense, il expliquait aux personnes qui passaient devant son bureau que le pneu avant gauche de son Aston Martin avait crevé. Sans reprendre sa respiration, il leur déclarait ensuite que le propriétaire du clou qui avait ainsi porté atteinte à la roue devrait être jeté dans les mêmes oubliettes secrètes que le pire des sbires d'Al-Qaïda. Cet attentat contre l'histoire de l'automobile avait eu lieu le matin même. George insistait sur la nature catastrophique des dommages occasionnés à l'une des soixante-cinq DB5 Vantage *virgo intacta*, construites l'année de sa naissance, 1963, aux six cylindres en ligne et carburateurs Weber, au son rauque au ralenti et si mélodieux à l'accélération, habillée d'une sublime robe *Royal Blue*. Dans sa bouche, les mots tournaient et virevoltaient autour de la difficulté à traduire « perfection » par « véhicule automobile ».

— Vous rendez-vous compte ! De nos jours ! Utiliser une roue de secours ! Je suis persuadé que personne dans ce bureau n'a jamais changé de pneu depuis au moins dix ans, encore moins au moyen d'un marteau de caoutchouc créé par des artisans géniaux pour desserrer le papillon d'un moyeu sans en gâter le vernis !

George Hampton exagérait, comme toujours. La face rubiconde et le sourire large, il lançait ses mains manucurées devant lui pour appuyer ses mots et faire briller les bagues qui ornaient ses doigts maculés par la précieuse crasse automobile. Depuis une éternité, il travestissait la réalité par profession, prenait appui sur un fait démontrable pour l'ériger en une pseudo-vérité dont il savait tirer tous les avantages financiers. Il mentait par habitude et expérience, car il était avocat. George, dont le nom s'ornait parfois d'un « Junior » lors de présentations commerciales, n'avait jamais véritablement possédé son Aston Martin et ne pouvait donc pas vraiment prétendre avoir changé « sa » roue. Il n'était pas non plus réellement avocat, bien qu'il maîtrisât tous les secrets du métier, tous ses savoirs et ses pratiques. Quand il plaidait, à Londres ou à New York, il lui arrivait souvent de se protéger derrière une série de diplômes, importants, rares, impressionnants. Tous, pourtant, étaient faux. Son physique l'avait privé du plaisir de devenir un *gentleman farmer* : son ventre, tenu par un gilet soigné aux sangles renforcées, l'empêchait de se pencher. Depuis qu'il était devenu anglais, George professait une réticence acharnée à l'effort, quitte à tomber dans l'extrémisme du ridicule antisportif. Jamais il n'aurait tenté le diable en se ridiculisant sur un *green*, un terrain de sport, encore moins la chaussée humide de Londres.

Car George Edward Hampton ne s'appelait pas non plus George, ni même Edward. Il était né russe, pauvre, déjà gros et rose. Il avait été pour sa mère et serait pour toujours dans un coin de son âme Lev Moïssevitch[1].

Du patronyme si pratique de Hampton, il n'avait vraiment hérité de sa mère que la dernière syllabe. De son père, il n'avait rien reçu, hormis la géniale intuition d'être issu du mystère charnel des nuits chaudes et arrosées des étudiants de Leningrad. Lev-George avait porté, jusqu'à sa bar-mitsvah pratiquée en secret des autorités communistes, le *-ton* de Zag*ton*, nom juif qui pouvait signifier « chiffon » en arabe, qui lui avait valu, de la part de tous ceux qui n'en connaissaient pas la signification, quolibets, mauvais classements aux oraux des concours soviétiques et horions quand il parvenait à se hisser, par un hasard imbécile et dangereux, au-dessus de la mêlée de ses jeunes camarades du Komsomol. Il avait quitté l'école communale après la fête de la majorité religieuse des treize ans et demi, dont il ne se rappelait plus les détails, mis à part les visages effrayés de sa mère et de sa grand-mère l'entourant et le doigt crochu du rabbin,

---

1 Léon, fils de Moïse.

vêtu dans son souvenir fantasmé d'un uniforme du KGB. Le rabbin-bourreau lui avait intimé l'ordre de suivre sa vie durant les *mitsvot*[2]. L'enfant qu'il était ignorait totalement le sens de ce mot. Il avait longtemps cru qu'il désignait les recommandations que sa mère lui faisait chaque semaine quand il partait à l'école du Komsomol de Moscou. Ensuite, la pension et ses dortoirs de soixante-dix élèves lui apprirent à tricher, à mentir, à créer des légendes mystérieuses autour de sa personne ahurie, cachée derrière de grosses lunettes et une incroyable capacité à endurer les coups. À l'école de la survie, il avait été le meilleur élève.

Le nom de Lev Moïssevitch Zagton ne pouvait pas convenir à l'avocat anglais imaginé par la grande administration de la place Dzerjinski à Moscou, *a fortiori* s'agissant du seul propriétaire des parts d'un cabinet de droit international de la City comptant plus de quarante salariés chassés dans les meilleures écoles. Lors de leur dernier entretien avant le grand saut vers l'Occident pourri, son mentor du KGB, un géant asiate des Républiques du Sud, l'avait prévenu des dangers inhérents à ses origines. Qu'il soit à Londres ou à Moscou, il était destiné à défendre l'aristocratie de l'espionnage, qu'elle soit soviétique ou britannique. Pour cela, il lui fallait apprécier, comme une récompense éternelle de sa fidélité, la chance qu'il aurait de travailler dans l'un de ces mondes élitistes qui permettaient à un Zagton de devenir, sa vie durant, un Hampton et peut-être un jour un « *sir George* ». Pour cela, il lui fallait être avocat à la City ou avoir son nom inscrit en haut d'une affiche du théâtre du Globe. Il était trop tard ou trop facile pour lui de déclamer *Hamlet* sur les planches du sanctuaire de Shakespeare. Il serait donc espion, Hampton et avocat.

Il était arrivé à Londres en passager clandestin, malade à crever, dans un container de vraquier norvégien qui n'avait fait que rouler d'un bord à l'autre sur une mer déchaînée. Après des semaines de recherches et de beuveries dans les pubs et les bordels entourant le port, il avait fini par construire sa nouvelle légende à la faveur d'une rencontre fortuite, et malheureuse pour celui-ci, avec un pauvre clochard qui vomissait son mal de vivre et son alcoolisme dans un fossé des West Docks. Lev était ainsi devenu George et l'autre avait été rebaptisé dans la mort Lev Moïssevitch Zagton, marin d'Odessa, du

---

2 Selon la tradition juive, les 613 *mitsvot* ont été données par Dieu à Moïse : ils comprennent 248 commandements positifs correspondant à chacune des parties du corps humain, ainsi que 365 commandements négatifs correspondant au nombre de jours d'une année solaire.

temps où l'Ukraine n'était qu'une province de la grande Union soviétique, imbibé de whisky bon marché, passé de vie à trépas d'un coup de parpaing sur la tête.

Le nouveau George Edward Hampton, qui allait utiliser sa nouvelle identité sans complexe, estimait que, porteur du passeport et des documents soviétiques qu'il lui avait glissés dans la poche, l'ancien George avait autant d'avenir dans un cimetière ukrainien qu'il en avait eu en vivant, les deux pieds fermement campés sur la terre britannique. Le cadavre était devenu soviétique non pas par la naissance, mais par un meurtre fondateur, auquel George aimait d'ailleurs à penser.

Après quelques formalités, le cadavre avait été renvoyé, via l'ambassade de Russie, à une adresse du KGB à Odessa, où l'avait accueilli une famille putative réduite à une vieille babouchka édentée et un vieillard tremblant à la larme facile. Le légiste londonien ayant émis un léger doute sur les circonstances du décès, le représentant du MI6[3] local avait discrètement photographié la cérémonie, clichés transmis le jour même à sir Maurice Oldfield, patron de la maison chère à James Bond, au bord de la Tamise. Les photographies étaient de bonne qualité, mais l'intéressé ne leur prêta aucune attention, car c'était la veille de la passation des pouvoirs à la tête du service de renseignement extérieur de Sa Majesté la reine : sir Maurice était remplacé par sir Dick Franck[4]. Les photos furent donc classées, tamponnées et aussitôt oubliées. En Ukraine, une fois le corps enterré, on récompensa les vieux acteurs qui jouaient les parents éplorés par deux bouteilles fraîches de Stolitchnaya, puis des miliciens zélés les jetèrent sans ménagement hors du cimetière.

Au Kremlin, alors qu'il prenait son déjeuner, le général Andropov[5] fut prévenu qu'un nouvel agent était né d'un meurtre fondateur, dans la digne tradition des tueurs du GPU bolchevique.

Le nouveau George était sensible aux signes du destin. D'où son émotion lorsqu'il s'était blessé à la main en assénant le coup de parpaing fatal au corps pourtant endormi de sa victime. Il portait la marque indélébile de son forfait : la cicatrice traversait sa main droite, formant une diagonale élégante de l'auriculaire à la base du pouce.

---

3   Service de renseignement extérieur du Royaume-Uni.

4   Sir Dick Franck a dirigé le MI6 de 1979 à 1982.

5   Youri Vladimirovitch Andropov fut président du KGB de mai 1967 à mai 1982.

Depuis, il ne quittait presque jamais ses gants de peau clairs au grain lustré. Quelques jours plus tard, en retour de la copie envoyée de son nouveau passeport, il avait reçu du département « S » du premier directorat, via l'agent traitant du Centre à Londres, une valise remplie d'originaux de diplômes, de cartes postales de colonies de vacances et autres souvenirs, écrits ou dessinés. Ces documents résumaient une vie heureuse d'enfant bourgeois de province, aimé de parents morts tôt dans un accident de la route, élevé depuis l'âge de douze ans par une grand-mère sévère. Cette dernière avait, elle aussi, disparu violemment, sans laisser d'amies ou de souvenirs, en traversant un carrefour encombré d'une banlieue oubliée par la révolution de Mme Thatcher. Par la volonté du Centre et de son premier directorat, familièrement appelé « le Bois[6] », George Edward n'était ni trop riche à dix-sept ans, ni trop diplômé à vingt-deux, de sorte qu'aucun policier ou fin limier du MI5[7] n'aurait songé à s'intéresser à sa vie tranquille et sans saveur de célibataire endurci.

Une fois par mois, il s'offrait, avec la carte Visa Gold de son cabinet, une prostituée ou deux, que recrutait un site internet d'*escorts* sur lequel il laissait volontairement la trace de son « achat ». Si nécessaire, après quelques heures d'interrogatoires, il avouerait qu'il n'était pas aussi fade que pouvait le laisser croire son existence : derrière des apparences snob, il y avait un gros Anglais, riche, pervers et célibataire. Il ne commettait aucune erreur en jouant sa nouvelle vie, car il avait endossé son costume de scène dès son entrée au centre d'entraînement du KGB, à Yassenevo, passé le périphérique de Moscou. C'était au temps lointain où il n'y circulait, et à des vitesses folles, pratiquement que des voitures officielles portant des plaques d'immatriculation MOC.

Les agents traitants qui se succédaient, en même temps que la vingtaine de directeurs du Centre et du Bois, limogés ou remerciés, fusillés ou retraités, depuis que Lev était devenu George, aimaient à lui rappeler, en une litanie bien orchestrée, qu'il n'était pas vraiment George à Londres, pas plus qu'il n'était un vrai Lev à Moscou. Il n'était qu'un agent illégal en activité. Cette existence particulière – qui s'apparentait à ses yeux aux limbes séparant l'enfer du paradis – lui garantissait, s'il lui venait l'idée saugrenue de trahir, qu'il

---

6 Le PGU, le premier directorat du KGB, chargé des missions extérieures, était installé depuis 1972 dans la forêt de Yassenevo, en banlieue de Moscou.

7 Service de contre-espionnage anglais.

ne serait pas étranglé par un tueur du deuxième directorat, mais simplement drogué, rapatrié dans une malle diplomatique, promptement jugé, puis fusillé.

L'arrivée du nouvel agent traitant était une tradition de la vie liturgique de l'espionnage. Tous les ans, George attendait presque religieusement ce rendez-vous et l'appelait « ma Pâque personnelle ». Le trouvant trop gras et pas assez efficace, en retard et, bien entendu, trop riche, les « traitants » commençaient toujours par le menacer de le renvoyer au pays. À la moindre demande de Moscou, George irait vieillir dans le deux-pièces de fonction auquel son grade de commandant lui donnait droit à Moscou ou à Saint-Pétersbourg. Cela pouvait arriver sur la simple sollicitation d'un des bureaux du dernier étage du numéro 2 de la place Dzerjinski, au léger toussotement d'un général du FSB[8] voulant placer « son » élément dans l'espoir d'obtenir une promotion ou de mieux maîtriser un marché capitaliste si apprécié par les anciens guébistes. Tout cela tomberait d'un ciel sans Dieu et sans préavis. George partirait alors, abandonnant les cadrans chromés de son Aston Martin, ses comptes en banque remplis de devises, son appartement de Mayfair, riche de souvenirs, certains réels, d'autres créés par le Centre pour meubler le décor où il offrait sa représentation quotidienne. Il devrait vite tout oublier s'il voulait survivre au débriefing musclé auquel on le soumettrait.

Il regarda ses doigts tachés, de petits boudins roses étonnamment agiles pour leur taille. Ses mains continuaient à trembler, il se servit un grand verre de whisky. Il ressentait encore l'écho des décharges d'adrénaline qui l'avaient traversé ce matin-là.

Obéissant à son instinct, concentré sur ce qu'il allait faire, il était parti tôt de chez lui. Il avait laissé son Aston Martin dans un garage, pour la faire laver de fond en comble, payant un forfait « tout compris », confiant même au responsable une crème hydratante spécialement fabriquée pour les cuirs d'automobile. De sa voix forte d'homme de prétoire, il avait donné le petit pot à usage unique au garagiste en le tenant par l'épaule et en lui parlant gravement, les yeux dans les yeux. Puis, essoufflé, il avait pris le *tube* à Victoria, était passé sous Westminster en direction de l'est, cahotant à Temple pour sauter du wagon au dernier instant sur le quai de Monument. Quelque pas

---

8 Le Service fédéral de sécurité de la Fédération de Russie est le successeur du KGB, plus connu sous le nom de « Centrale » dans les romans d'espionnage.

encore, et il rebondissait, soufflant et suant, en direction de l'ouest cette fois, par Bank, Saint-Paul et enfin, le temps d'un rapide coup d'œil aux gros titres du *Sunday*, à Holborn, dernier changement avant de revenir vers son point de départ, sept stations plus loin, après trente-cinq minutes de manœuvres anti-filatures.

George avait été endurci à la technique russe de la filature. D'abord, on lançait une équipe peu entraînée, si possible emmitouflée dans une Moskvitch toussotant, forcément voyante, et la proie procédait ou non aux manœuvres de dissimulation. Si elle le faisait, c'était le plus souvent sous le coup de la frayeur suscitée par les tortures et les interrogatoires « chimiques » qu'elle imaginait dans les sous-sols du KGB. Le chef de mission faisait alors disparaître l'équipe des *zaïtchiki*, le surnom des bleus du service, ces jeunes « lapins de garenne » qui couraient en tous sens en usant de leurs nouveaux pouvoirs tout-puissants pour faire peur aux suppôts capitalistes. N'ayant ni l'expérience ni la sagesse du vieux pisteur nécessaires à une bonne filature, ils n'étaient qu'un leurre, mimaient les bonds du lapin devant le renard. Quand la proie se sentait maîtresse du jeu, certaine que ses précautions avaient été couronnées de succès, l'équipe de la rue, la brigade *oulitsa*, prenait le relais, invisible.

Mais ici, on était à Londres, la patrie des spécialistes du déguisement et de la filature par l'avant. Par une rue dérobée, le suiveur arrivait face à sa cible, puis disparaissait derrière elle au premier carrefour, pour embarquer dans une camionnette, se changer et repartir en avant. C'est pourquoi, malgré son statut social, George privilégiait la promiscuité du métro. Depuis les dernières attaques terroristes dans les sous-sols du *tube*, il aurait pourtant voulu partir à pied depuis Cambridge et déjouer au grand jour les combines de suiveurs éventuels. Il était peureux, mais encore plus prudent, jusqu'à l'obsession. Ce matin-là, il trouva l'excuse imparable : l'Anglais snob qu'il était devenu ne pouvait pas se permettre de courir par des rues mal fréquentées, surtout en revenant d'un rendez-vous qui, comme d'habitude, le laisserait sur les rotules. Signe supplémentaire du destin, il avait oublié son chapeau et la matinée était pluvieuse. Sans couvre-chef, il était inconvenant pour un homme de sa condition de marcher dans la rue sous la pluie, le métro s'imposait donc de lui-même. Le petit Juif russe, qui gardait une étincelle d'humour dans son gros corps d'avocat londonien, pensa que la civilisation capitaliste avait un avantage indéniable sur le communisme : on y marchait moins.

Ivan – il appelait ainsi tous ses mentors – était attablé dans le salon d'un petit appartement loué à la journée dans une rue anonyme de Belgravia. Où qu'aient lieu ces rendez-vous de contrôle, dès le premier regard que lui portait l'officier du FSB, George sentait chez lui une aversion à peine dissimulée pour son patronyme juif. Ça suintait de tous les pores de sa peau, et Ivan n'essayait pas de le cacher, contrairement à ses prédécesseurs de l'Internationale du KGB. Depuis l'arrivée du nouveau président russe, les cosaques étaient de retour dans l'armée et les académies des services de renseignement. On chahutait les petits camarades de chambrées qui avaient eu le malheur de naître « la queue coupée, vaccinés et pas encore tatoués ». Les cosaques se partageaient alors la sainte besogne de tatouer, au tisonnier ou à la cuillère, comme leurs chiens, leurs compagnons d'académie. Être confronté à ce regard n'attristait pas George et ne lui faisait pas davantage craindre une future disgrâce. Le temps qu'il lui restait à vivre à Londres et sur terre ne dépendait que d'une chose : sa capacité à passer entre les mailles d'un destin qu'en raison de sa naissance il savait menacé de toutes parts. Il avait l'habitude des coups, avait évité le tatouage à la cuillère à soupe portée au rouge dans les braises du samovar. Il résisterait bien aux assauts verbaux d'un nouvel Ivan. Il les recevrait même avec l'application d'un disciple écoutant les préceptes de son gourou. Il avait une tâche à accomplir.

Ivan étant pressé et George en retard, ils n'échangèrent pas les formules d'usage. En raison de sa difficulté croissante à reprendre son souffle, difficulté proportionnelle à sa prise constante de poids, George se dispensa de donner le mot de passe à la porte. Il frappa plusieurs coups dans un succédané de morse et entra sans attendre sous le regard furieux d'Ivan, qui l'avait vu arriver par la persienne de la fenêtre donnant sur la rue. Aux regards que jetait furtivement l'agent du FSB vers la chambre à la porte fermée, George supputa qu'il avait programmé un autre rendez-vous, plus personnel, pour profiter de l'appartement et échapper aux micros de l'ambassade. Une toux lointaine l'informa qu'Ivan préférait les jeunes hommes. Comme s'il avait lu dans les pensées de l'avocat, Ivan tenta une diversion en hurlant qu'il attendait le rapport de Lev Moïssevitch Zagton. En proie au dédoublement de personnalité dont il avait fait son métier, George crut entendre un « camarade » précédant les patronymes et il mit un bon moment à comprendre que le fils de Moïse[9] ainsi que ce fils d'un certain George-Ebert n'étaient qu'une seule et

9 Moïssevitch, fils de Moïse.

même personne. Il était fier de ce père virtuel, dont il avait lui-même construit la légende, en s'appuyant sur des souvenirs bien plus nombreux que n'en ont beaucoup d'hommes de leur véritable paternel.

Soudain, l'ambiance qui régnait dans la pièce changea du tout au tout, aussi vite qu'un orage printanier éclatant dans une journée ensoleillée. Ivan, la mèche blonde tenue à la laque sur une coupe en brosse, avait déposé sur le coin de la table son pistolet automatique, un Sig-Sauer P226. George se demandait souvent comment il parvenait à le ranger dans son étui ainsi équipé de son long silencieux. Depuis qu'ils se connaissaient, deux Pâques de maltraitance psychologique, Ivan prisait un jeu que George jugeait inepte : au début de chaque rencontre, c'était à celui qui toucherait le premier le canon du pistolet. Ivan savait que le gros George n'avait aucune chance. En revanche, Lev Moïssevitch avait la certitude qu'un jour le petit Juif, spécialiste de la survie en chambrée de cosaques, pouvait gagner.

À peine entré, alors qu'il était encore debout et que le code d'honneur des officiers du FSB interdisait que le jeu ne commençât, George saisit l'arme et l'appuya sur le front d'Ivan, tout en laissant la détente s'enfoncer vers sa butée. Il regarda avec intérêt la surprise que trahissait le visage d'Ivan. Après le son étouffé, il y eut un trou net et fumant au milieu du front, puis le corps s'effondra en entraînant la chaise vers la porte de la chambre à coucher. Avant même de viser, Lev pensa aussitôt à cet autre trou qui ornerait bientôt la tête d'un jeune blondinet. Lorsqu'il entra dans la pièce, pointant l'arme de sa main gantée, l'homme, nu, s'était réfugié dans un coin, pleurant d'une méchante grimace.

Il l'exécuta proprement, s'excusant même poliment, puis revint vers le premier corps, plaça le pistolet dans la main de l'officier traitant, tira deux nouveaux coups vers la chambre, après quoi il laissa retomber la main presque raidie qui s'agrippait au lourd bloc d'acier fumant. Mise en scène simple et efficace d'un meurtre passionnel. La paix revenait déjà dans ce petit appartement d'un immeuble calme du secteur résidentiel. Elle y régnerait jusqu'à ce qu'un propriétaire prévienne le constable du quartier d'une macabre et sordide découverte.

Laissant dans l'appartement l'ombre du tueur Lev Moïssevitch Zagton, l'avocat que George Edward Hampton était redevenu referma la porte à clé, en prenant soin de poser l'écriteau « Ne pas déranger » sur la poignée. Il descendit calmement les marches jusqu'au rez-de-chaussée. Pour un rendez-vous tel que celui-là, il savait qu'Ivan était seul et ne bénéficiait d'aucune protection ; il voulait préserver l'anonymat de ses ébats interdits par les règles du Service, ayant dû prétexter que le risque d'un rendez-vous « ami » était nul.

Mais, le plus important était que la taupe George Edward ne serait pas inquiétée par Moscou, pour la bonne raison qu'elle n'avait pas pu se rendre au rendez-vous d'Ivan. Dans quelques minutes, George allait crever le pneu avant gauche de la magnifique roue de son adorable DB5. Ensuite, il raconterait qu'il était arrivé en retard, comme il avait coutume de le faire dans tous les comptes rendus de ses rendez-vous avec les Ivan depuis cinq ans, découvrant la pancarte interdisant l'entrée dans l'appartement. Après quoi, il s'en était retourné au bureau pour raconter son aventure mécanique à qui voulait l'entendre.

Quelques minutes plus tard, il retrouvait donc son Aston, changeait de chemise, retirait sa veste de tweed qu'il roulait dans un sac en plastique auparavant lesté, puis revêtait sur son tricot sans manches une Oxford rose et sa veste assortie en soie, qu'il réservait à ses journées au bureau lorsqu'il n'avait pas de rendez-vous importants. Il s'arrêta ensuite dans High Street, inséra un court poinçon dans le caoutchouc, qui péta noblement en dégageant une fumée de pourriture signée Avon. Tout en changeant sa roue, il laissa tomber à ses côtés, dans la bouche d'égout, le sac plastique contenant ses effets ainsi que la paire de gants de chez La Maison Fabre, *made in France*. Il entendit un bref bouillonnement : les habits marqués de la poudre d'un double assassinat ne seraient sans doute jamais retrouvés, ils finiraient dans la Tamise, attaqués et soudés par les rejets chimiques de la capitale. Un *policeman* nota sur son carnet que l'Aston Martin pouvait gêner la circulation, mais, compte tenu de l'âge et de la notoriété de la dame, il héla deux jeunes aux cheveux longs pour aider George à se tacher les mains. Après les avoir regardés se démener sous ses conseils de prudence et ses cris, quand ils s'avisaient de poser leurs doigts gras sur la peinture métallisée, l'avocat les gratifia d'une récompense généreuse et d'une carte de visite, autant par courtoisie que pour l'hypothétique alibi de l'enquête judiciaire.

George Edward Hampton avait désormais trente et un jours avant sa prochaine rencontre, et trente-deux avant de donner l'alarme au Centre en laissant un message écrit à la craie sur le kiosque au croisement de Belgrave et de Charwood. Le message serait repris par un texte sibyllin dans un gratuit musulman afin d'indiquer la rupture de protection du traitant envers son illégal en mission. Il s'écoulerait encore un mois avant qu'apparaisse un nouvel Ivan, prudent et les sens en alerte : le représentant du deuxième directorat du FSB chargé des investigations internes. Mais cela n'intéressait déjà plus l'avocat. Avant deux mois, un nouveau maître régnerait au Kremlin et George, redevenu Lev, serait à ses côtés. D'ici là, il ne devait rendre de comptes à personne d'autre qu'à son futur tsar. En terminant son verre de whisky, George Edward Hampton était persuadé qu'il ne ferait jamais connaissance avec les représentants du directoire des prisons internes du FSB[10], il serait libre depuis longtemps. Déjà, il pensait à la prochaine conversation qu'il aurait avec le bras droit de celui pour lequel il travaillait maintenant. L'homme allait bientôt arriver. Il rêvait déjà aux millions de dollars qui garniraient sous peu ses comptes, savamment répartis dans le dédale infini des banques extraterritoriales, ces offshores qu'il connaissait comme sa poche. Ce soir, il accepterait un des havanes sans pareils de l'homme aux cheveux gris. On lui avait appris que le Commandator cubain les fumait en secret depuis l'annonce de la campagne nationale cubaine contre le cancer ; moins de cent personnes avaient ce privilège à travers le monde.

George Edward Hampton sentit la dernière goutte de whisky rouler dans sa gorge et venir enflammer son estomac. Ses doigts avaient arrêté de trembler.

---

10 Le FSB possède ses propres prisons au sein d'un directorat autonome.

3

CHÂTEAU-RICHER, QUÉBEC
AOÛT

Le soleil était haut dans le ciel. Les enfants avaient couru à en perdre haleine tout le long du chemin Royal pour aller vérifier sur place l'histoire incroyable que l'un d'eux avait rapportée au chef de la Sûreté du paisible village de Château-Richer, non loin de Québec. Après le champ du père Emond, en face du manoir de Maison rouge, juste en face de l'île d'Orléans, le groupe d'enfants s'arrêta net, les bras ballants. La bouche sèche, ils restèrent interdits devant le spectacle macabre qu'avaient rapporté de la nuit les vagues de marée du fleuve Saint-Laurent. Jamais autant de mammifères marins n'avaient nagé si loin. Un réflexe de survie.

Des dizaines de bélugas, des dauphins blancs, petits et grands, gisaient sur la grève. Aucun ne bougeait, les mouches noires attaquaient déjà leurs petits yeux bleus. Leur nombre était si important que la plupart flottaient en retrait, amassés contre leurs congénères morts, le ventre tourné vers le ciel. Entre l'écume du fleuve et la peau blafarde des mammifères marins, des poignées de crevettes rouges surnageaient et retournaient vers le courant. Les enfants ne comprenaient pas l'importance de ce qu'ils voyaient et ils ne rapportèrent pas les détails de ce phénomène étrange à la police qui arriva peu après, mais trop tard pour voir les crustacés.

Le général François Carignac pêchait. Il se sentait ridicule et pestait d'être condamné à rester en vacances. Depuis quinze jours, dans sa maison de famille dans le sud-ouest de la France, il portait un plâtre qui lui emprisonnait la jambe et lui empoisonnait l'existence. Depuis son accident de jogging, il attendait l'instant où le médecin le libérerait, espérant tous les jours une remise de peine sans oser la négocier. Il passait ses journées à relever d'un doigt ses lunettes sur le haut de son nez, signe de sa nervosité, conséquence de son impossibilité à ronchonner devant témoin. Habituée à ses sautes d'humeur, mais refusant d'être son souffre-douleur, sa famille lui avait adroitement conseillé, prétextant que le repos était nécessaire dans son état, de s'isoler en faisant semblant de pêcher.

Cet après-midi-là, sous les tilleuls bordant l'étang, il bougea à peine la tête quand son voisin reprit la parole. Tels des amateurs de matches de tennis, ils contemplaient le ballet des dytiques poursuivis par les poissons. Assis aux pieds de Carignac comme si c'était son maître, un chien, pelage et yeux gris, le regardait fixement. Carignac avait demandé à son propriétaire, le maire du village, si l'animal l'observait ainsi pour mieux le mordre, mais il avait eu la confirmation que le chien l'avait choisi quand celui-ci avait fini par poser son museau sur le plâtre. Il l'aimait, simplement, par instinct. Le général acceptait depuis que la bête, toute de muscles et de dents, se couche à ses pieds quand son ami venait lui rendre visite. Il se contentait de lui tapoter le haut du crâne et s'était même surpris, un jour qu'il était seul, à lui parler comme à un humain. Il avait perdu le fil de la discussion. Il se demandait si les insectes faisaient consciemment une concurrence déloyale à son appât. Les poissons remontaient en nombre autour du bouchon pour les attraper, évitant soigneusement l'arme du pêcheur. Son interlocuteur, un vieil ami de la famille, habitué des discussions politiques interminables, avait déjà oublié sa phrase précédente et reprenait sa démonstration depuis le début.

— Mon général, je ne sais pas si vous êtes d'accord, mais moi, je pense depuis longtemps qu'on est tous logés à la même enseigne de la même façon ! À part les Japonais, cela dit.

Carignac maudit son intuition légendaire, qui lui permettait de suivre en professionnel les discussions sans fin de ses propres filles, mais l'abandonnait au moment où il se devait de répondre à son voisin et ami. En guise de réponse et avec un grand sourire, il lui servit un nouveau verre de vin.

Assis à côté de Carignac, le maire du village ne pêchait pas, il « racontait » la politique locale. Il le faisait ainsi toutes les fins d'après-midi, pour l'apéritif. En un sens, c'était une distraction pour le général. Le maire inventait tous les jours une nouvelle expression que Carignac se dépêchait de recopier dans l'un de ses petits cahiers noirs sur lesquels il notait ses pensées du moment. Le « à la même enseigne de la même façon » y prendrait bientôt une place de choix.

— Parce que, si je puis me permettre, mon général, moi, quand j'ai fait mon régiment, j'ai subi une séance d'interrogations des gens de la SM[11] parce qu'ils disaient que j'étais un *communisse* ! Mais moi, je l'étais parce que j'étais un résistant ! Et voilà qu'on me soupçonnait d'être un mauvais Français !

Carignac nota dans un coin de sa mémoire de rajouter « séance d'interrogations » à la liste des bons mots de la soirée.

— Monsieur le maire, avec tout le respect que je te dois, je pense que les communistes de 1945, ils n'étaient pas tous aussi bleu-blanc-rouge que toi, non ?

Le maire tendit son verre que Carignac remplit d'un léger et frais vin rosé, à l'arôme puissant comme une grappe de raisin écrasée. La rougeur permanente de l'élu se mariait à son accent rocailleux, créant l'image saine d'un paysan du Sud-Ouest.

— On voit bien que toi, tu n'éparpilles pas les aiguilles de la réalité dans le foin de l'Histoire, mon général ! C'est vrai qu'au pays, par ici et par-là, on a bien fricoté avec le Ruskoff de temps en temps... Mais c'est parce que le p'tit père Staline, il avait la même moustache que nos vieux poilus... Imagine ! L'Anglais Churchill et son cigare de la longueur du onzième doigt de mon père, l'Américain Eisenhower et son fume-cigarette de starlette, tous les deux face au bon Staline, son sourire en coin d'honnête paysan, fumant des cigarettes roulées entre ses doigts jaunis de nicotine ! Le choix était vite fait. On s'y est tous fait prendre. Il est bien bon, ton vin de pays, mon général.

---

11 Sécurité Militaire, aujourd'hui DPSD.

Le verre tendu fut à nouveau rempli et, le silence revenu, juste troublé par les cigales et le cri d'une buse qui chassait au loin, vers la colline, ils burent religieusement une gorgée, dans les verres que recouvrait une buée de fraîcheur. Carignac regarda la ligne de sa canne à pêche qui ne prenait jamais aucun poisson alors qu'il les voyait s'agiter en bandes concentrées autour du bouchon de liège. Il la déplaça doucement vers un nouveau groupe de goujons, qui ne bougèrent qu'à peine. Ils reconnaissaient le mouvement du général et le remerciaient presque de sa présence en mangeant, sans se blesser, le ver qu'il avait délicatement installé au bout de l'hameçon.

— Dis-moi, monsieur le maire, cette rumeur d'installation d'une usine au sud de Villeneuve, elle est vraie ? Ou c'est encore qu'un racontar de journaleux ?

Le maire était l'aîné de la sixième génération de paysans d'un des plus petits villages du Sud-Ouest, un véritable titre de noblesse, celle de la terre héritée par le travail d'une nature rigoureuse.

Il avait le cuir cuit par le soleil, les rides taillées par les rires des soirées d'hiver et le calcul des rendements des pauvres blés. Il remonta sa casquette, chercha son étui de cigarettes dans la poche de poitrine de sa chemise. Il tapota ensuite le cul du paquet pour faire jaillir une cigarette tordue, vite attrapée par une bouche entourée d'une barbe drue et blanche. Un autre geste et le brûlot était allumé, laissant flotter dans l'air frais du soir une odeur forte de maïs brûlé.

— Ah, mon général. Foi de caporal-chef rescapé de la guerre, décoré objecteur de conscience d'Algérie, je puis t'assurer que le secret est bien gardé... Mon cousin – il s'appelle Germain, c'est amusant, hein ? –, donc, le Germain, pour tout te dire, il est notaire, radical-socialiste comme moi et dans la même loge maçonnique que le député Sourignac. Le vieux Sourignac, quant à lui, est le Grand Maître, mais issu de la droite républicaine, comme si on pouvait dire, en ce moment, que la droite elle est vraiment républicaine... Hein ? Sarkozy ? C'est plutôt Bonaparte que De Gaulle, non ?

Carignac avala une gorgée de travers et le maire reprit son explication.

— Sourignac. Un ami du premier ministre, un monarchiste, quoi... Bon, passons les détails, mais mon cousin germain Germain a renoué avec le pauvre maire que je suis, il y a quelques années, parce qu'il voulait que j'use de mes pouvoirs à la mairie pour lui déclasser un pré qu'il possède par héritage, pour le vendre au mètre « construsse-tible » et empocher l'argent que n'ont pas touché ses autres frères et sœurs, ceci dit en passant, mes cousins autant germains par le sang de nos aînés que le germain Germain.

Carignac se promit d'ajouter ce « germain Germain » aux perles dépo-sées dans son petit carnet. Le maire était grave. Carignac se concentra sur la peur qu'il sentait poindre dans ce que disait son ami.

— Ce maudit est revenu me voir, le mois dernier, pour me mettre un étrange marché sous le coude. « Mon cher cousin », et patati et patata, que « le lien du sang », et repatati et repatata, que « son filleul », mon fils, « aura sa place dans l'étude après ses concours de notaire ». Le bougre de fiston, il a seize ans et ne pense qu'aux bouts des seins de ses voisines de classe, qu'il voit tous les jours augmenter comme vache qui va vêler. Le maudit, il avait à la main, au bout d'une laisse qui avait dû coûter le prix d'une journée de travailleur à la ferme, « Le Chien », celui-là... « Un cadeau de rien du tout », me dit-il, « en-tout-bien-tout-honneur », parce que la bête est aussi chic que je ne l'avais pas été pour l'histoire du pré.

« Le Chien » en question, couché entre les deux hommes, leva une tête intelligente. Il avait entendu son maître parler de lui. Le seul nom original que le maire avait trouvé, en cette année du C pour les chiens à pedigree, avait été « Le Chien ». Yeux gris, poil « chevreuil ». Le braque de Weimar reprit son observation d'un aigle à l'horizon. L'homme continua son monologue après une caresse bourrue sur la tête de l'animal qui se rendormit aussitôt.

— Bon, après un petit moment ennuyeux tournant autour du prix du beurre et de la politique miraculeuse de son très cher ami le premier ministre, Germain me lâche l'information. « Cousin, veux-tu recevoir, *of course* pour ta commune, soixante millions d'euros ? » Je lui ai tout de suite demandé combien de veuves je devais trucider afin qu'il se charge personnellement des héritages et combien d'années de pri-son je devrais payer avant d'espérer revoir son con-con de filleul, mon seul fils, qui, depuis le décès de sa maman, ne fait rien à l'école. Ce à quoi il me répond, tout de go, que le député Sourignac, lors d'une grande tenue de sa Trois Fois Bénite Loge, lui a demandé de trouver une commune qui accepterait l'installation d'une usine high-tech – j'ai compris « Ail et teck » – et néanmoins européenne, contre un chèque de quarante milliards d'anciens francs. J'en suis resté, si je puis me permettre, mon général, « le cul dans le bassin », celui de mon grand-père, une baignoire en cuivre, frappée au marteau, comme le voulait la tradition avant que l'industrie efface la culture.

Carignac pensa au fils du maire. L'enfant avait accepté la mort de sa mère comme l'expression d'une punition divine. Depuis, il traînait, attendait d'avoir l'âge requis pour entrer à l'école de Maistrance et devenir officier marinier de la marine française. Le général regarda sa canne à pêche trembler. Un goujon, peut-être une carpe ou une truite, un poisson plus vieux, gros et moustachu, sûrement un chasseur plus expérimenté que les autres, un de ces professionnels de la survie, titillait les restes du pauvre ver de terre, sauvagement arraché par les petits-enfants du général à sa paisible vie dans le jardin potager du métayer voisin.

Carignac savait que l'ancêtre, par expérience, ne prendrait pas l'hameçon à pleine gueule, mais il bougea pourtant sa canne de quelques centimètres pour lui éviter la blessure fatale qui l'obligerait à sortir la ligne de l'eau, à attraper le blessé poisseux et à le regarder s'asphyxier. D'un coup de nageoire, le poisson abandonna ses congénères énervés et s'éloigna lentement, au grand soulagement du pêcheur. Le maire haussa les épaules, il était habitué aux gestes du général.

— Mon général, tu en as manqué un gros. Bon, ce n'était pas du tendre... c'était une vieille carne, des arêtes comme mon doigt et des écailles comme les cales de ma grand-mère, une garantie de la nature pour te gâter la langue. Il aurait bousillé le dîner de Mme Carignac.

Carignac sourit, resservit un nouveau verre au maire, soulagé d'être récompensé de sa trahison envers la caste des pêcheurs professionnels. Il n'aimait pas le poisson.

— J'ai vu... Il allait me gâcher mon appât, le bougre.

À la moue du maire, il jugea prudent de ne pas s'appesantir davantage sur ses talents de pêcheur.

— Pour en revenir à ton histoire, monsieur le maire... Tu en penses quoi de cette proposition de ton cousin doublement germain ?

Le maire but une gorgée, fit claquer sa langue, de contentement ou pour se donner le temps de réfléchir. Puis, il remonta sa casquette, sortit un grand mouchoir à carreaux rouges et blancs et s'essuya le visage.

— Moi ? Mais, mon général, foi d'engagé volontaire et décoré... Je n'ai rien à prouver. Je suis maire parce que mes administrés me font confiance, et cela dure depuis plus de trente ans. Tu sais bien que ma dame m'a quitté il y a cinq ans et que je me suis représenté seulement parce que personne ne voulait de ma charge d'emmerdements... Bon, revenons-en à Sourignac ! Tu aimerais savoir ce que j'en pense, de ces trafics de nantis ? Ton père, du temps où il regardait encore pousser tes jambes dans tes culottes de velours, aurait haussé les épaules et m'aurait juste dit : « Robert, pas toi ! »

D'un geste, le maire avala une gorgée : un coup de poignet sec, puis un mouvement tournant des doigts, plus lentement, pour que la dernière goutte ne rate pas sa cible.

— Le projet ? C'est intéressant ? lui demanda Carignac d'une petite voix, l'air de n'être pas intéressé par le grand projet local.

Le maire le regarda avec un grand sourire. Il savait que l'officier ne pouvait que s'offusquer d'une possible défiguration de la terre de ses ancêtres.

— Tu vois la mer là-bas ?

Le général se retourna, interrogatif : la mer se trouvait à un peu moins de cent kilomètres, à marée haute. Il ne voyait autour d'eux que la campagne jaunie d'une fin d'été. Il ne répondit pas, laissant l'autre continuer. Le vieux maire, une main tendue devant les yeux, semblait suivre les mouvements des vagues s'écrasant sur le rivage.

— Même le plus cinglé des nigauds ne peut pas apercevoir la mer d'ici... Mais notre vallée, que nous appelons « la Plaine », possède son petit secret... Elle est à près de cent mètres en dessous du niveau de l'océan et à cent kilomètres des plages. Quand les industriels ont découvert ce trésor géographique, ils ont décidé, tout simplement, d'amener l'océan jusqu'à nous, par la Garonne, puis par le canal qui va être agrandi. La Plaine sera inondée, transformée en une succession d'immenses parcs aquatiques destinés à devenir le premier centre mondial de production de poissons industriels. Des milliers de bassins de pisciculture, du saumon, de la sardine, de la crevette... je ne sais pas quoi d'autre, mais tout le « génétiquement modifié » dont José Bové nous bourre le crâne depuis des années. Nous serions le premier centre mondial de production d'alevins. Des mutants se transformant en denrées comestibles en quelques semaines, au lieu de plusieurs années chez mère Nature, loin des tempêtes et des tsunamis. Ce n'est pas tout. Autour du lac salé va se construire le plus grand pôle de recherche biologique mondial. Voilà comment on veut transformer notre paradis méridional en paradis industriel. J'en veux pas !

Le général regardait son petit étang et ses truites qui vieillissaient sans craindre aucun prédateur. Il imagina une mer devant lui, ses mouettes et ses vagues s'étendant jusqu'aux collines où s'accrochait l'ancien village fortifié des cathares, qui deviendrait un port de pêche.

— Si c'est réaliste, c'est plutôt un beau projet, non ? À part la destruction de notre Plaine... Le village en profiterait ?

Le maire devint rouge de colère. Il avala une gorgée et sembla se calmer.

— Mais tu ne comprends décidément rien, bougre de militaire ! Tu ne vois pas qu'ils sont tous les mêmes... Ils complotent, ils se servent, ils magouillent. Ils trichent, quoi ! Moi, ma commune, elle a autant besoin des millions du Germain qu'une vache d'un laxatif. Aucun jeune ici n'accepterait de turbiner avec un masque sur la bouche. Je n'ai pas de prés qui soient inutilisés. Je n'ai plus d'école ni de perception depuis les années soixante, et je paye un salaire au boulanger pour qu'il reste au pays. Je suis une commune rurale qui ne demande qu'à conserver son patrimoine, encore un peu, pour que mes vieux – ici ou là-haut, si ça existe – gardent le souvenir que j'ai fait le nécessaire pour que leur terre soit au moins aussi belle que celle dont ils ont hérité. Au conseil, on a parlé, on a voté, ils sont tous d'accord avec moi. Après la séance et la publication de la délibération, le cousin Sourignac est allé tous les visiter, un par un. Des enveloppes leur ont été promises ou données ! Qui s'est vu offrir un pré déclassé, qui, un enfant reçu à un concours régional, qui, une intervention auprès de la gendarmerie de Villeneuve pour un dossier chaud ou un problème de voisinage... Les salopards n'ont pas bougé parce qu'ils savent que je peux encore ruer d'un bon coup de sabot bien placé entre les deux yeux si j'apprends qu'ils ont trafiqué dans le marché de Boches du cousin Germain. Avec moi, c'est *niet*, ce sera toujours *niet*, comme l'a dit le petit père Staline à Stalingrad.

4

ESTUAIRE DE LA GARONNE, FRANCE

Trois plongeurs rangeaient leur matériel tandis qu'un jeune homme, à carrure de sportif et au tatouage de navire pirate sur l'épaule, lançait les deux moteurs hors-bord de deux cents chevaux. Sur le flanc de l'embarcation, un ancien bateau de pêche reconverti pour la plongée par les membres du club local, un poisson stylisé ouvrait une gueule hérissée de dents acérées entourant un orgueilleux « Abyssale Attitude ».

Les plongeurs, des *Divemasters* anglais, entreprenaient un tour du littoral français pour le compte de l'association PADI[12], afin de recenser les meilleurs sites de plongée du pays. C'étaient de solides gaillards, tous trois anciens nageurs de combat du SBS[13], qui plongeaient par amour de la mer après avoir passé leur vie les yeux rivés sur le compas, la tablette de mission et le filin les liant à leur binôme. Les sites choisis offraient trois belles plongées d'une profondeur allant de vingt à soixante mètres. Tard dans l'après-midi, ils termineraient par l'exploration d'une épave, un porte-conteneurs englouti lors d'une forte tempête une dizaine d'années auparavant.

Le jeune homme terminait ses études en océanographie, c'était le seul membre de l'association à parler suffisamment bien anglais pour encadrer la palanquée.

12 Professional Association of Diving Instructors.

13 Special Boat Service, unité commando de la Royal Navy constituée de nageurs de combat.

— Une société de votre beau pays mène un projet pharaonique visant à aménager les cent premiers kilomètres de la Garonne et du canal du Sud-Ouest. Vous en avez sûrement entendu parler ?

Il parlait couramment anglais, mais avec l'accent du Sud-Ouest. Il fit une pause pour laisser aux plongeurs le temps d'assimiler ce qu'il venait de dire.

— L'idée est de relier la mer à une vallée située loin dans les terres, pour créer un gigantesque lac d'eau salée où s'implantera une usine internationale de pisciculture. Eh bien, l'épave que nous allons explorer est l'un des premiers bâtiments à avoir appartenu à cette société, Genetik Corp. Elle contenait des embryons d'espèces que nous pourrons bientôt acheter dans nos supermarchés, essentiellement des larves de crevettes. On a d'ailleurs évoqué des dangers biologiques.

L'un des plongeurs regardait la carte. Une combinaison en carbone roulée sur les hanches, il inscrivait sur le module amphibie de son GPS les relevés des trois sites. Il leva un instant les yeux vers le Français.

— Des dangers biologiques ?

— Comment vous dire ? Le danger dont je parle, j'en ai pris la mesure lors d'un stage que j'ai fait en Lettonie cette année, dans une ferme de saumons d'élevage. En deux mois, ils avaient la taille que les adultes non modifiés mettent trois ans à atteindre en pleine mer. Les « fermiers » expliquent ça par l'alimentation qu'ils leur donnent, des farines animales surdosées en calories et l'absence de prédateurs, donc de stress dans les conditions d'élevage. Il y a sans doute là une bonne part de vérité, mais leurs alevins sortent tout droit de laboratoires de modélisation génétique. Leurs saumons ressemblent à de grosses truites à chair rosée. En gros, on a manipulé l'espèce pour produire de la viande à une cadence industrielle.

— Impressionnant !

— En septembre, une tempête a détruit un des bassins de la ferme. Vingt tonnes d'animaux génétiquement modifiés, dont certains dépassaient les cinquante centimètres, se sont échappés dans l'océan. Comme on les a bourrés de farine vitaminée depuis l'incubation, ils devaient être affamés. J'imagine le pêcheur local capturant en pleine mer une truite de près d'un mètre gavée de flétans à s'en faire péter l'estomac...

Les trois Anglais secouèrent la tête comme un seul homme. Nouveaux convertis à l'écologie marine, ils comprenaient l'intérêt de créer des fermes marines dans les terres.

Après le briefing, le rappel des règles de sécurité et des principaux signes du langage international des plongeurs, ils portèrent jusqu'au bateau leur double bouteille et leur matériel, puis aidèrent le jeune instructeur à pousser l'embarcation.

La journée se déroula en promenades sous-marines, photographies et relevés topographiques pour le journal annuel des côtes européennes de l'association PADI. Entre chaque plongée, les anciens militaires, en professionnels consciencieux, discutaient de leurs impressions, notaient la faune et la flore qu'ils avaient croisées et rangeaient leur matériel pour être prêts à replonger à tout instant. Leur guide n'arrêtait pas d'évoquer la beauté des fonds au-delà des rejets alluvionnaires de la Garonne, leur parlait du passage des baleines à bosse lors de leur migration et des familles de dauphins qui jouaient l'été avec les plongeurs. Les Anglais écoutaient et notaient toutes ces informations qu'ils trieraient ensuite en rentrant à Londres.

L'après-midi s'écoula ainsi paresseusement. Déjà le guide les préparait au dernier site de la journée ; ce serait une plongée profonde se terminant par une exploration de nuit de l'épave. Les plongeurs avaient apporté de grands phares tri-lampes afin de ramener une vidéo de leur visite, comptant conclure l'enregistrement en étalant sur la coque une longue banderole publicitaire au logo du site de l'association en lettres noires sur fond blanc.

Le Français attacha le bout d'amarrage du bateau sur le corps-mort, déposé quelques semaines après le naufrage pour prévenir les navires du danger, puis se jeta à l'eau. Il laissa filer une bouteille de secours munie d'un flash le long d'un cordage et indiqua aux autres qu'ils pouvaient se préparer à plonger. Les trois hommes s'enfoncèrent lentement dans l'eau calme, laissant derrière eux les dernières lueurs du soleil.

La plongée commençait, tous portaient leur attention vers la masse qui s'agrandissait devant eux. Comme éclairée d'un halo phosphorescent, l'épave était parfaitement visible dès les premiers mètres. Elle était couchée sur le côté, l'étrave séparée du corps principal par une large cicatrice, et une clarté étrange l'entourait.

Les hommes se retournèrent pour vérifier si c'était bien le coucher du soleil qui éclairait l'épave rouillée. Au-dessus d'eux, passé les cinquante mètres d'eau limpide qui les séparaient de la surface, ce n'était que le noir inquiétant d'un début de nuit de haute mer. La luminosité observée ne pouvait provenir que du fond de l'océan. La palanquée s'arrêta entre deux eaux, dérivant lentement au gré du léger courant vers la poupe, sans trop s'en approcher.

Les phares étaient inutiles : le fond de la mer, depuis l'épave jusqu'au début des failles perpendiculaires à la côte qui marquaient la fin du plateau océanique du golfe de Gascogne, disparaissait sous un grouillement luminescent. Les hublots de l'épave étaient éclairés de l'intérieur. Par une grande ouverture d'acier tordu et rouillé, l'arrière du navire vomissait un lent flot de matière vivante. On aurait dit un fleuve de lave s'échappant d'un cratère. Le jeune guide avait les yeux écarquillés ; l'un des plongeurs s'approcha de lui, tapota sur la vitre de son masque en souriant, le forçant à détourner le regard du phénomène et à le regarder dans les yeux. Il le maintint contre lui et lui accrocha le gilet stabilisateur, tout en vérifiant d'un œil exercé les indications du manomètre. Le guide était paniqué.

Un banc de poissons, attiré par la lumière ou l'espoir d'un festin, approcha de l'épave, prêt à fondre sur la nourriture. Soudain, une bulle se forma dans la rivière vivante et explosa en direction des poissons en milliers de scintillements éblouissants. Les poissons en furent immédiatement entourés, puis, entraînés vers le fond. Ils disparurent dans un dernier bouillonnement.

Le jeune homme respirait trop vite. Il dérivait vers l'épave sans s'en rendre compte. D'un coup de palmes, l'Anglais le rejoignit et, le pouce montrant la surface, lui ordonna de remonter avec lui. « Toi-moi-on-monte. » À cette profondeur, l'essoufflement pouvait lui être fatal. L'Anglais empoigna le bouton de gonflage du gilet de sécurité de son compagnon et, après avoir expliqué la situation aux deux autres plongeurs, amorça la remontée en direction du flash intermittent de la bouteille de secours. Les deux hommes joignirent le pouce et l'index pour former le « O » signifiant « j'ai compris », puis désignèrent le fleuve s'épanchant des cales de l'épave. Ils allaient descendre quelques secondes pour photographier le prodige.

Le guide n'arrivait pas à détacher les yeux de la bouteille du palier de sécurité. Elle commençait à apparaître dans l'ombre, brillante et rougeoyante, éclairée par les reflets du fond. Alors qu'il remontait vers la surface, la baisse de pression l'aidait à reprendre ses esprits, et il sortait de son rêve éveillé. Il comprit soudain qu'il était victime d'une narcose des profondeurs.

Tournant légèrement sur lui-même pour vérifier que tout allait bien au-dessus de lui, l'Anglais vit que ses deux amis descendaient vers le fond en position de chute libre, les bras et les jambes écartés. Il faisait entièrement confiance à ces professionnels avec lesquels il avait combattu dans toutes les mers pendant vingt ans. Il resserra sa prise sur la sangle de son binôme. Il ne leur restait plus maintenant qu'à attendre au palier des cinq mètres que l'ordinateur de plongée les autorise à remonter à l'air libre.

Doucement, beaucoup plus bas, dans le silence du grand bleu, ce qui avait les apparences d'un banc infini de krill se déploya tel un bras tendu vers les deux nageurs.

5

Pour ceux qui l'entouraient, Jack Andriès do Marsa était le meilleur commercial d'un établissement financier réputé. Ce matin-là, il était fatigué. Il revenait d'une mission dans le Sud-Ouest où il avait reçu quelques coups de cravache d'un vieux maire qui lui avaient en partie arraché une oreille. Cette autre profession n'était connue que de rares officiers supérieurs du FSB à Moscou. Il avait peu de temps pour la bagatelle et se dépêchait de reboutonner le pantalon que sa maîtresse, l'unique, la pulpeuse, la femme de sa vie, Ingrid la blonde, lui avait follement descendu quelques minutes plus tôt.

La première des réorganisations qui l'avaient fait passer d'amateur à professionnel du mensonge avait été son mariage avec la première Ingrid, l'insignifiante fille d'un armateur suédois plein aux as. Quatre enfants plus tard, tous aussi noirauds et poilus que leur père, au désespoir de leurs grands-parents suédois, Ingrid était toujours aussi mince et insignifiante, n'ouvrant la bouche que pour susurrer à son hyperactif de mari un mot d'amour tendre et mielleux. Jack avait décidé que toutes ses maîtresses s'appelleraient Ingrid, quelle que soit la couleur de leurs cheveux, souvent fausse.

Ce jour-là, il était ainsi passé d'une Ingrid portant du Chanel N° 5 à une Ingrid qui recevait, *duty free* oblige, un joli flacon du même parfum, avant de donner un coup rageur d'accélérateur de sa puissante moto en direction de l'appartement de sa troisième maîtresse, une nouvelle Ingrid, cherchant déjà comment il lui expliquerait son manque d'ardeur.

C'était mercredi, et Jack n'avait que peu de temps à lui consacrer, tout comme le lundi, le mardi et le reste de la semaine d'ailleurs, y compris le saint dimanche. Partisan de l'égalitarisme en amour, Jack rendait méthodiquement visite à chacune des pulpeuses et uniques femmes de sa vie : Ingrid la brune, Ingrid la rousse et Ingrid son épouse, qui n'était ni brune ni blonde. Au moins celle-ci ne lui sautait plus dessus quand il rentrait tard le soir, pour lui ôter son caleçon sans lui laisser le temps d'enlever ses chaussures et de s'asseoir devant le téléviseur, la télécommande dans la main droite, l'autre occupée à se servir une double dose du whisky pur malt qu'il ramenait des *duty free* des aéroports que sa seconde profession l'amenait à fréquenter.

Représentant par vocation, Jack n'était pas le premier commercial venu, mais le premier vendeur de produits financiers de son établissement, un Superman de la vente qui pouvait assommer en deux heures n'importe quel expert missionné par ses clients. Son excès d'énergie, il le déversait dans ses activités professionnelles faites de multiples meetings, ainsi que dans un tourbillon de rencontres amoureuses. Un emploi du temps exigeant, mais qui lui permettait d'organiser ses journées comme le désiraient ses véritables employeurs.

Jack se nourrissait du stress du mensonge comme de l'excitation de la tromperie, mais, ce jour-là, il n'avait pas eu à trouver d'excuse lorsque la nouvelle Ingrid, la blonde, avait ouvert la porte du studio que lui louait son amant. Pendant la fellation, il cherchait déjà un mensonge pour expliquer le retard qu'il prenait sur ses autres rendez-vous de la journée, professionnels ou non. Après une dernière caresse, la jeune femme lui remonta délicatement le caleçon et le regarda en agitant ses faux cils.

— Alors, tu ne dis rien ! Ça t'a plu ?

Jack n'aimait pas les conversations post-orgasmiques. Ces commentaires *a posteriori* sur une activité dont il répétait de plus en plus difficilement le processus mécanique et génétique de délivrance lui semblaient vulgaires. Il aurait préféré discuter avec elle de la rallonge budgétaire qu'elle lui avait demandée la semaine précédente, ainsi que de l'espacement et de la durée de ses visites, rendus nécessaires par la nouvelle mystification qu'il avait déjà organisée. Seulement, depuis quelques jours, il devenait bizarre quand il pensait à elle. Pour l'instant, parmi toute la gamme des Ingrid, c'était elle qu'il préférait.

Il ne répondit pas directement, mais lui demanda un café. Dans cinq minutes, il devait assister à une réunion avec un nouveau client, à l'autre bout de Paris. Il n'était pas en retard. Pas encore. À l'heure du rendez-vous, il appellerait la secrétaire du client. Il s'excuserait, invoquant la vie impossible d'un financier des grandes métropoles.

— Dis, mon petit cœur, pourquoi m'appelles-tu Ingrid depuis notre premier soir à Moscou?

Jack faillit s'étrangler avec sa gorgée de café.

— Quoi? Mais tout simplement parce que tu t'appelles Ingrid!

Il avait répondu instinctivement, il ne pouvait aimer un autre prénom que celui d'Ingrid. Il se remémora comment il l'avait rencontrée. Une hôtesse de l'air blonde lui adressant un sourire prometteur alors qu'il acceptait une nouvelle coupe de champagne et l'invitait à prendre un verre, le lendemain, au Savoy, un grand hôtel de luxe proche de la place de la Loubianka. Elle avait inscrit son numéro de portable sur une carte de visite.

— Mais ton prénom sur la carte de visite?

Elle éclata de rire, tombant à la renverse sur le canapé de cuir. Ses fossettes et le tremblement de ses seins libres incitèrent Jack à calculer quelle nouvelle excuse il pourrait trouver pour passer une heure de plus avec elle dans le grand lit aux draps encore chauds. Jack se rendit compte avec stupeur qu'il était tombé amoureux, chose impossible et interdite, qu'il était complètement indifférent aux conséquences de ses sentiments.

— La carte de visite de l'avion? C'est celle de ma collègue! La petite brune qui était en classe éco! Je n'avais plus de cartes... alors j'ai noté mon numéro sur la sienne. Je m'appelle Marie!

Jack avala sa tasse de café, conscient qu'il avait fait une énorme bêtise ce soir-là en emmenant dans son lit, au Savoy, Marie, qui était encore, pour lui seul, une nouvelle Ingrid. Il s'était lui-même berné. Ce prénom de Marie et l'acceptation de ses sentiments envers cette ex-Ingrid, «la blonde», étaient le début d'un abîme de complications.

Comprenant qu'il devrait dorénavant vraiment mentir à son épouse sur les pensées qu'il avait eues dans la journée pour « sa jolie Ingrid », il se sentit encore plus fatigué. Il se leva, enlevant sa chemise, laissant tomber son pantalon et son caleçon, et se retourna vers la jolie Marie.

— De toute façon, ma journée est foutue.

Marie poussa un cri de joie et se jeta sur le dos, les bras en croix sur le grand sommier rose.

— Doucement, Marie !

Jack n'avait pas terminé de retirer ses chaussures que son portable vibra. Il n'avait pas l'intention de répondre, juste de regarder qui l'appelait. Un seul regard à l'écran et il comprit que cette journée prometteuse allait tourner à la catastrophe historique. Au rythme du tremblement maladif du téléphone, les mots « Genetik Corp. » apparurent. Jack souffla, détourna les yeux de Marie, puis finit par appuyer sur le bouton Answer.

— *Yes ? Jack speaking !*

Une voix haut perchée et enjouée lui répondit par une longue tirade qu'il hésita à attribuer à Shakespeare ou à Woody Allen. De toute façon, il soupçonnait George Edward Hampton d'attribuer ses références personnelles et douteuses à quelques auteurs célèbres. La tirade prit fin au moment même où Marie se penchait sur le bas-ventre de Jack.

— Jack ! Ça fait bien cinq ans qu'on ne s'est pas parlé ! Que le temps passe vite, non ?

Jack posa la main sur les cheveux de Marie, sentant du bout des doigts la forme de son crâne. Elle soupira à son massage. À Londres, l'homme poursuivait.

— Jack ! J'ai un léger problème et j'ai besoin de votre aide et de vos conseils sur un portefeuille de valeurs d'un de mes amis très chers !

Jack se souvenait de sa dernière « expertise » pour George. Un fiasco dans le port de Londres. Des charges explosives qui avaient pulvérisé un navire de commerce brésilien, au lieu d'un navire israélien, ainsi que la moitié du quai d'embarquement. Les renseignements préalables à l'opération avaient été recueillis avec un amateurisme flagrant, ce qui avait causé la mort d'une dizaine de marins innocents.

— George Edward ! Comme je suis ravi de vous entendre !

Il poussa un cri quand Marie lui mordit un testicule, mais reprit ses esprits et poursuivit.

— Malheureusement, en ce moment je suis complètement pris par une vie professionnelle incroyable. Vous pourriez peut-être demander à d'autres experts ?

Marie le regardait fièrement. Le résultat de ses efforts était parfaitement visible.

— Mon cher Jack ! Je vous comprends ! Je suis persuadé que votre vie professionnelle est intense ! Mais je vous veux, demain soir, à Londres dans nos bureaux. Reportez tous vos rendez-vous pour deux semaines et allez vite embrasser votre petite famille. En ce moment même, votre épouse est en train de lire une télécopie qui vous demande d'urgence pour une mission d'expert international d'une durée de quinze jours. Je crains que le « bip » qu'entendent en ce moment nos pauvres oreilles ne soit celui de la tendre Ingrid, ni la rousse, ni la brune, mais la gentille et confortable fille du méchant armateur suédois si prodigue en aides financières impromptues... Prenez aussi un congé auprès de vos employeurs français, ils vous le doivent bien...

Jack repoussa la bouche de Marie et regarda l'écran de son cellulaire. Le mot « maison » s'affichait. Ingrid l'appelait. Il reprit la communication, Hampton continuait à parler.

— Mon Jack, je me réjouis tellement de faire à nouveau équipe avec vous. Et je sens en vous une indicible envie de reprendre du service chez Genetik Corp. ! Ah... avant que je ne vous quitte, dites à Marie, cette jeune recrue du cabinet – jolie, n'est-ce pas ? –, de vous accompagner. Elle aura demain une nouvelle mission de charmante amoureuse.

Jack regarda les yeux papillonnants de sa maîtresse. Il la laissa reprendre son occupation sans tenir compte de la dernière remarque de son mentor.

Jack, né Ivan Grigorievitch presque quarante ans plus tôt à Moscou, passé par la dure école des *spetsnaz* du GRU[14], dont il avait abandonné

---

14 Le GRU est le service de renseignement militaire de l'Union soviétique.

l'« aquarium[15] » vingt ans plus tôt, laissé de côté par la nouvelle maison Russie depuis si longtemps, venait d'être réveillé. Dans la science de la mystification et de la manipulation, George Edward Hampton était le maître incontesté des missions à long terme.

Marie passa le reste de la journée au lit avec Jack, ne s'arrêtant de faire l'amour que pour grignoter des chips dans les remous de la grande baignoire. Elle ne fit aucun commentaire, ni ne montra la moindre surprise au fait surprenant qu'ils aient le même employeur. Un mot de trop et elle savait qu'elle ne sortirait pas vivante de la grande baignoire à bulles.

Jack l'observa se prélasser dans les remous.

Du regard, il fit le tour de ce qu'il allait abandonner dans cet appartement. Quant à sa maîtresse, il avait d'autres projets que ceux imaginés par Hampton.

---

15 Quartier général du GRU situé dans la banlieue de Moscou sur l'aérodrome de Khodinka.

Le député Sourignac avait gagné les élections, au premier tour et sans difficulté : il était le seul candidat à la succession du maire assassiné par un faux financier. L'enquête judiciaire était au point mort. On n'avait trouvé aucune empreinte, aucun témoignage, aucune piste pouvant expliquer la sauvagerie dont avait été victime l'ancien maire. C'étaient les gendarmes qui l'avaient retrouvé, alertés par les voisins qui s'étonnaient que le chien du maire, un braque de Weimar qui ne le quittait jamais, soit dehors en pleine nuit à aboyer à en devenir fou.

L'élu avait la gorge tranchée et était allongé dans sa cuisine. Il tenait dans la main le stick d'officier que lui avait offert le père du général Carignac. Sur le cuir torsadé, des traces de sang montraient qu'il s'était défendu jusqu'à la toute fin : il s'était battu, avait peut-être donné des coups de cravache, puis avait reçu un coup sur la nuque, vraisemblablement d'une main gantée. Après quoi on lui avait tranché la gorge avec une lame de rasoir. Le ou les tueurs avaient pris la précaution d'utiliser un des grands torchons de la cuisine pour éviter d'être éclaboussés par l'ouverture de la veine jugulaire. Saigné comme un mouton et abandonné sur le dallage, le maire avait réussi à se traîner sur un peu plus de deux mètres vers le téléphone, avant de succomber.

Au village, l'événement avait fait grand bruit. Le préfet et le député étaient venus un soir parler aux habitants. Le député Sourignac, cousin du défunt, avait promis de ne pas abandonner le village qui l'avait vu naître, et annoncé qu'il renonçait à sa charge de député de Villeneuve pour se présenter aux élections municipales. À l'entendre, il saurait « transformer le village en un pôle de développement unique en France qui porterait bientôt le nom du maire auquel il succédait ».

Le reste ne fut qu'une formalité. Le conseil municipal contresigna l'élection du nouveau premier magistrat le jour même où il recevait, en réunion informelle, les représentants de l'industriel intéressé par les terres de la vallée. Certains élus firent remarquer, mais assez bas pour ne pas être entendus, que les prés du défunt maire, nouvellement reclassés en zone constructible, faisaient partie des lots convoités par les architectes, alors que l'ancien maire ne l'avait jamais accepté. En avalisant cet accord au sujet d'un champ déclassé, on pouvait valider l'ensemble de l'opération. À l'invitation du député-maire, le préfet évoqua sa vision politique des changements qui allaient toucher la région et il présenta une entente signée entre l'État français et les industries Genetik Corp. : plusieurs centaines de millions d'euros versés en aides et en avantages sociaux, afin de créer un bassin d'emplois hautement qualifiés autour d'un pôle chimique et biologique de nouvelle génération.

Un fermier lui coupa la parole, invoquant des risques éventuels pour l'agriculture et l'équilibre biologique. Avec un sourire ironique, le préfet rappela que le projet serait contrôlé de l'amont à l'aval par les services de l'État et qu'il y veillerait « personnellement ». Autour du grand lac d'eau salée, qui couvrirait le quart du département sous le nom pompeux de la « Mer de la Plaine », on aménagerait six cents hectares paysagés, deux écoles, un collège, une université, une piscine olympique. Sans compter la plage de deux kilomètres de long et les hôtels qu'on bâtirait ensuite pour loger et nourrir les milliers de chercheurs et salariés du pôle technologique. Après plus de trente ans d'abandon, on rouvrirait la gare de chemin de fer, ce qui amènerait le TGV ainsi que des dizaines de trains-conteneurs pour transporter la pêche miraculeuse jusqu'en Europe du Nord.

Les membres du conseil municipal, les mains occupées par une coupe de champagne millésimé et des petits fours servis par des larbins en livrée, n'avaient d'yeux que pour la magnifique maquette sortie d'un grand camion aux armes de Genetik Corp. Ils y voyaient leur maison, habitée par de petites reproductions de leur famille au grand complet saluant le ciel avec des mouchoirs, comme prévenues de la visite de leur modèle en chair et en os. Même les plaques d'immatriculation des voitures étaient reproduites à l'identique. Dans le village, on reconnaissait le curé, tout sourire, en discussion avec le nouveau maire, la main de l'un sur l'épaule de l'autre, ainsi que le gêneur, le poseur de questions embarrassantes, qui devint rouge de confusion en se voyant représenté dans un champ fraîchement fauché, assis contre une meule aux côtés d'une grande blonde dépoitraillée. Le village avait des ruelles pavées, des luminaires ouvragés. Le parking de la place de la mairie avait disparu sous terre, laissant un grand espace paysagé où certains s'exclamèrent en se voyant une boule de pétanque à la main.

Dans un calme de monastère, la lumière de la salle du conseil s'éteignit, la maquette s'alluma de toutes les minuscules fenêtres des foyers du village et de tous les nouveaux éclairages publics. Tous restèrent sans voix, impressionnés par la beauté du spectacle. Quand ils furent habitués à cette vision irréelle, un son oublié, d'abord ténu, puis de plus en plus fort, jaillit de toutes parts. La cloche de l'église du village, détruite à titre d'effort de guerre en 1940, allait faire revivre de son angélus le temps des anciens. Les hourras explosèrent dans la salle, un tonnerre d'applaudissements convergea vers le député-maire et le préfet.

Seul dans la foule, debout près du plan du futur pôle qui serait cité en exemple partout dans le monde, le fermier qui avait exprimé des doutes avait les yeux rivés sur le petit personnage qui représentait sa femme, les mains en visière, regardant vers le pré et ses meules qui cachaient si mal l'adultère de son mari. L'homme, au bord de la nausée, comprenait que ce détail avait échappé aux autres convives. Là, devant leurs yeux, éparpillés dans les quelques mètres carrés d'une maquette bientôt recouverte d'un léger voile rouge et qui repartirait dans son bel écrin d'acier roulant, la totalité de la vie du village avait été reproduite. Les petits secrets de chacun, les habitudes des autres, les vices et les occupations de tous avaient été méticuleusement rapportés et positionnés. Rien n'avait échappé à Genetik Corp.

Dans un coin de la pièce, un homme silencieux, la soixantaine sportive et les cheveux blancs coupés court, une cicatrice en travers de la joue, observait le paysan à travers la fumée du long cigare qu'il allumait. D'un signe de tête, il désigna à un garde du corps en civil l'homme qui s'enfuyait.

Agris Laurenis était banquier. Il en rêvait depuis son enfance, depuis qu'il avait regardé un feuilleton américain mettant en scène un jeune *trader* de Wall Street. À l'instant où l'acteur serrait la main de son client et le raccompagnait à la porte d'un bureau aussi vaste que l'appartement de fonction que ses parents habitaient au centre de la vieille ville de Riga, Agris avait su que sa vie avait changé. Il avait eu la révélation qu'il était prédestiné à devenir un acteur important de la future République lettone, dès que le monstre soviétique aurait disparu. Ces événements s'étaient déroulés chez le fils d'un consul. Il gardait un souvenir précis de chacun des détails de cette journée : sa jalousie enfantine devant la chambre de son ami, sa surprise de découvrir un téléviseur à côté du lit, leur longue traque d'une émission «amusante», jusqu'à son ordre sec d'arrêter de changer de chaîne...

Et puis, il était tombé amoureux. Le seul amour de sa vie. Sur le petit écran en noir et blanc, la fille du client du héros-banquier de la série, une petite brune nommée Ming, lui avait souri. Sa peau blanche comme un vase chinois fin et fragile, ses yeux bleus, son corps parfait avaient détruit à jamais la possibilité d'un autre amour. Depuis, Agris rêvait de cette Ming vu à la télévision. Sa vie serait désormais consacrée à acquérir les diplômes nécessaires pour obtenir un bureau de soixante mètres carrés, garni de cuir, les murs recouverts de cadres montrant sa réussite aux côtés de personnages célèbres. Il construisait ainsi son futur pour retrouver sa Ming, autour de laquelle il édifierait un palais.

Le 21 août 1991, quand les cloches des églises sonnèrent la libération de la Lettonie, Agris y discerna le signal de départ de la course qui lui ferait gagner son paradis sur terre. Il parlait déjà couramment cinq langues, avait été reçu à tous ses concours et examens de droit en Lettonie ; il partit en auto-stop en Norvège faire le siège d'un cabinet d'avocats, dont il avait trouvé l'adresse dans un vieux journal d'une compagnie aérienne scandinave. Tous les matins, il abordait la secrétaire, lui demandait s'il y avait du travail pour lui, disait être prêt à travailler gratuitement pour apprendre son futur métier. Sa constance finit par faire craquer l'actionnaire principal. Cinq ans plus tard, Agris revenait à Riga, détenteur de la majorité du capital du cabinet, bardé de diplômes internationaux et désireux de conquérir la capitale lettonne.

Là, il entra dans une banque naissante à titre de gestionnaire des clients internationaux, puis passa par le service juridique, se fit remarquer par le président, un magnat russe propriétaire d'un groupe pétrolier, gravit les échelons à raison d'un étage chaque année, pour finalement occuper le fauteuil de vice-président de la gestion privée. Il était désormais le principal conseiller du président, ainsi que l'ami et le confident de son fils Roman, parti à Londres travailler dans un grand cabinet d'avocats de la City.

Agris était devenu le héros de son feuilleton, y avait ajouté la couleur du monde réel, qui manquait au noir et blanc du téléfilm de son enfance, mais en avait inconsciemment suivi le code vestimentaire : cravate noire et pochette de veston blanche. Il régnait sur un bureau digne de ses ambitions, était invité à toutes les réceptions mondaines de la ville, travaillait jour et nuit à l'enrichissement de sa banque. Il ne lui manquait plus que sa Ming.

Le téléphone vibra dans sa poche, le tirant de la rêverie où il se perdait en pensant aux courbes de son fantasme féminin.

— Agris ! C'est Roman ! Comment vas-tu ? Bien ? Je suis de passage à Riga, on prépare une fête à tout casser à la maison, à Saint-Pétersbourg, pour fêter mes fiançailles ! Oui ! Je l'ai rencontrée à Londres ! Et puis, je voudrais te demander un service, une forfaiture de plus dans ta vie de banquier ne te gênera pas ! Voudrais-tu être mon témoin ?

Submergé par un flot de paroles entrecoupées d'éclats de rire, Agris fut incapable de répondre à son meilleur ami. Il bredouilla un remerciement, lui promit de venir à sa fête et entendit la tonalité avant d'avoir fini sa phrase. Il vérifia dans son agenda qu'il n'avait pas de rendez-vous ou de dîner ce soir-là, pensa à commander des fleurs pour la fiancée et une bonne bouteille de vin français pour son ami.

Il partirait tôt de son bureau pour se faire masser et huiler au salon russe de la rue Vespilsat, se réservant par avance les services de cette Coréenne silencieuse qui prenait un soin particulier à parfaire son massage contre un billet supplémentaire glissé dans l'échancrure de son soutien-gorge. Il ne savait pourquoi mais, dès que son ami Roman avait raccroché, il avait eu la prémonition que sa vie allait s'en trouver bouleversée.

8

Des nuages gris filaient dans le ciel étoilé. Poussés par la tempête venant de l'ouest, ils avaient la couleur et le mouvement de la mer déchaînée qui les avait rejetés. Dans la lueur de la nuit, le grand chêne dépassait de son ombre tous les autres arbres. C'était le signe qu'elle approchait du lieu de la rencontre. Ming connaissait parfaitement cette partie de la forêt de Rambouillet. Depuis quarante-huit heures, en tenue de camouflage, la jeune femme se cachait et en inspectait chaque centimètre carré. Elle avait procédé par cercles concentriques, partant de plus d'un kilomètre de sa cible et avançant précautionneusement, soucieuse de ne pas déclencher les éventuelles alarmes électroniques et les caméras de surveillance qu'une équipe professionnelle n'aurait pas manqué d'installer pour surprendre tout mouvement avant sa rencontre avec les Américains.

Elle savait qu'elle allait rencontrer l'une des meilleures équipes de la profession, commandée par le meilleur officier de la CIA ; mais elle n'avait aucune crainte. La nuit précédente, avec ses jumelles de vision nocturne, elle avait vérifié que personne ne se cachait au milieu des biches et des sangliers, puis elle s'était assurée que sa valise de brouillage électromagnétique neutraliserait pendant quelques secondes tous les systèmes de sécurité dans un rayon d'une centaine de mètres autour du lieu du rendez-vous. Ensuite, elle n'avait plus eu qu'à poser ses pièges. Elle avait pensé aux contre-mesures possibles, une infinie variété de choix s'offrait aux techniciens qui avaient sécurisé l'objectif, mais elle faisait confiance aux Américains, trop sûrs d'eux-mêmes et de leur technologie. Leur complexe de supériorité aidant, la conviction qu'on ne devait en aucun cas remettre en question les procédures habituelles visant à sécuriser un endroit sensible avait fini par s'inscrire dans leurs gènes.

D'une petite foulée souple, elle se dirigea vers le chemin où les hommes du groupe américain basé à Paris devaient avoir laissé les véhicules du convoi. Les hommes de la CIA avaient des habitudes. Ils ne se garaient ni trop près ni trop loin de l'escorte : selon le manuel de Langley, en effet, la sécurité était assurée à plus d'un kilomètre des rendez-vous. Arrivée au croisement de deux chemins de terre, elle s'agenouilla et sourit. Elle ne s'était pas trompée. Trois tout-terrains étaient alignés : un pick-up, un 4 x 4 allemand d'une taille plus respectable, certainement celui du chef de l'opération, ainsi qu'une Lada rouge dont la rouille cachait un moteur puissant. Ming connaissait son propriétaire, le garde du corps du chef de l'antenne de la CIA à Paris. Alors qu'elle observait les mouvements autour des voitures, elle surprit la lueur d'une cigarette dans le creux de la main du guetteur. Il s'était placé en dehors du halo de la clairière, adossé contre un arbre. Ming sentit l'odeur de graisse d'arme. Il portait un pistolet-mitrailleur à l'air libre, peut-être l'un de ces courts HK UMP45 qu'elle avait vus dans les râteliers de leurs locaux de New York quand elle les avait visités l'année précédente. Elle rampa vers les voitures, laissant sur sa gauche la BMW du chef, en s'assurant qu'il y ait toujours entre elle et le guetteur le plus grand nombre d'obstacles visuels possibles. Elle commença par placer un minuscule aimant sous la caisse du véhicule de l'adjoint, puis se dirigea vers l'avant de la voiture. Une charge de plastique et un relais électronique commandé par onde GSM suffiraient à pulvériser les deux tonnes du prétentieux pick-up.

Dix minutes plus tard, elle avait troqué son treillis contre un ensemble plus seyant et avançait vers le grand chêne d'un air dégagé qui mettait en valeur ses formes féminines. Un colosse l'accueillit, en qui elle reconnut l'adjoint de son hôte. D'un signe de son arme, il lui fit lever les bras, puis la fouilla en prenant soin de s'attarder sur les parties les plus charnues de la visiteuse. Elle serra les dents, se promettant de lui rappeler, quand l'occasion viendrait, qu'on n'approche jamais les dames avec une haleine aussi repoussante. Au centre de la clairière, une trouée anarchique laissée par le cyclone Lothar de 1999, on avait installé deux chaises pliantes que seules les étoiles éclairaient. Son hôte était déjà assis, aspirant la fumée d'un énorme cigare, qui créait autour de lui un halo de fumée qui se confondait avec les nuages. Il se leva élégamment en la voyant. La jeune femme compta dix hommes armés jusqu'aux dents qui surveillaient la scène.

Mark Le Neveu était un géant né dans les quartiers pauvres de La Nouvelle-Orléans, aussi gros qu'il était grand ; il avait été champion de lutte des Marines. À la taille de ses bras, Ming savait qu'il pourrait l'étouffer sans effort. Elle savait qu'il était aussi rapide qu'un homme faisant la moitié de son poids et épuisait tous les jours ses hommes à courir plusieurs dizaines de kilomètres dans le bois de Boulogne. Il sourit et ses dents soulignèrent son visage dans la nuit d'un trait clair sur sa surface sombre de créole cajun. Sa main la dirigeait déjà vers le siège quand il lui parla d'une voix profonde de chanteur de gospel.

— Ma très chère, à la silhouette que j'ai entrevue tout à l'heure dans la pénombre, il me semble que tu entretiens ton corps à la perfection. Ce n'est pas comme moi, qui continue, bon gré mal gré, à changer de costumes tous les ans.

Un éclat de rire ponctua sa phrase, un crescendo puissant se terminant par une toux appuyée.

— Le bon air de la campagne ne me réussit pas. Je suis un enfant des villes, moi ; sans pollution et bruits, je dépéris.

La cendre incandescente de son cigare éclaira son visage taillé à la serpe d'ancien commandant des forces spéciales au Vietnam. Il en était revenu décoré de plus de cicatrices que de médailles.

— Tu as fait bon voyage ? Je suis ravi que tu aies accepté de venir à cette petite fête champêtre ! Je ne t'avais pas revue depuis ton passage l'année dernière dans nos bureaux... Juste une ombre sur le moniteur du système vidéo de surveillance. Tu avais omis de neutraliser la caméra. Je me demande... Une caméra à la sortie de mes bureaux à la Ferme[16], ce léger mouvement de la main pour faire un petit au revoir sans pour autant te retourner... J'en jetterais mon cigare au feu... Ce petit dernier était là pour la frime ?

---

16 Le quartier général de la CIA est situé à Langley près de la ville de McLean, en Virginie. Ses hangars pour avions et son isolement lui ont valu le surnom de « la Ferme ».

Elle ne répondit pas, attendant la suite en surveillant les hommes qui l'entouraient. Au moins la moitié d'entre eux devaient être équipés d'un fusil de sniper avec amplificateur de luminosité. Si elle bougeait de façon inappropriée ou si le géant le désirait, elle n'aurait plus de crâne en un millième de seconde. L'homme toussa et tira une bouffée de son cubain, comme un asthmatique aurait cherché de l'oxygène en inhalant de la Ventoline. Ming devina les attaches en Velcro de son gilet pare-balles sous l'élégant pull à col roulé. Il surprit son regard.

— Tu sais, je ne t'en veux pas non plus pour notre rencontre rapide à Hong Kong, il y a deux ans. J'en ai récolté une jolie cicatrice qui me vaut un certain succès auprès des dames. C'était de ma faute, je n'aurais pas dû essayer de te voler la politesse dans cette affaire de pots-de-vin américano-chinois. J'ai été trop... au-delà de l'inélégance envers une lady, j'ai été trop chauvin. Je voulais tellement rapporter les preuves que des sénateurs touchaient à pleines mains des sommes importantes pour des contrats chinois que j'en ai oublié les règles de la courtoisie.

On l'avait bien sûr empêché d'ébruiter l'affaire. L'officier de la CIA en avait été quitte pour envoyer un communiqué officiel au Sénat assurant que son agence, grâce au milliard de dollars qu'on lui allouait tous les ans, se battait contre l'horreur des pratiques antidémocratiques et, par conséquent, aussi contre celles des Chinois. Il y avait joint les photos des partenaires chinois des élus américains, dénoncés aux autorités communistes, décapités et alignés à côté de leur tête grimaçante sur les étals d'un marché de Pékin. Les présumés coupables américains s'étaient fait porter pâles pour tous les voyages suivants, mais n'avaient jamais été inquiétés par la justice.

— La peur n'est-elle pas la meilleure des condamnations ? Tu es pourtant, cher Mark, l'un des meilleurs experts en la matière...

La voix de Ming était douce et calme, comme celle d'un professeur expliquant une leçon difficile à un élève appliqué. Ses lèvres s'étaient écartées, révélant des dents parfaites. Ming se savait belle et connaissait la force de son sourire.

— La peur... pour nous ? Elle fait partie de notre vie de tous les jours, elle apparaît dans la glace quand je me rase le matin. Quant à celle de mes politiciens véreux... dans quelques années, quand les images des Chinois exécutés ne seront plus qu'une anecdote commerciale, je sais qu'ils recommenceront à trahir leur pays. Une bonne punition aurait été profitable, rien que par la sanction populaire qui en aurait résulté. La petite tape sur les doigts que je leur ai donnée ne remplacera jamais une bonne fessée.

— Veux-tu que je m'en occupe, de ta « fessée » ?

L'homme de la CIA emplit la forêt de son rire communicatif. Dans les branches du grand chêne, un couple de hiboux, dérangé dans son guet nocturne, s'envola lourdement. Ming surprit sur l'aile de l'un d'entre eux le point rouge d'une visée laser.

— Ma douce amie et ses quarante kilogrammes de muscles fuselés si bien répartis, défendant la veuve et l'orphelin capitalistes ! Elle est bonne, celle-là ! Bon, venons-en à ce qui nous occupe. Nous avons appris que tu étais en affaires avec des anciens du KGB concernant un projet dans le sud-ouest de la France.

Quelques semaines plus tôt, commença-t-il, un groupe de plongeurs anglais avait croisé un banc de krill phosphorescent non loin de l'estuaire de la Garonne. En soi, la rencontre n'avait rien d'exceptionnel : ils visitaient de nuit une épave à environ soixante mètres de profondeur ; c'est habituellement le moment où les bancs remontent de la zone des deux cents mètres pour trouver du phytoplancton dans des eaux plus chaudes. Il n'y avait eu qu'un seul survivant, un ancien des Forces spéciales. L'Anglais, pourtant solide, avait raconté, effrayé, aux services britanniques que les crevettes de ce qu'il appelait « l'essaim » avaient la taille d'une grosse langouste. Il avait juste eu le temps, avant de sauver sa peau, d'apercevoir une vague d'animaux qui s'échappaient de l'épave pour avaler ses équipiers. Il avait subi quelques blessures mineures dues à une décompression trop rapide et à des milliers de morsures. L'épave en question était l'un des navires du complexe qui allait construire le centre marin du Sud-Ouest. La société s'appelait Genetik Corp.

Ming l'écoutait, les sens aux aguets, en essayant de deviner où se cachaient les prédateurs qui l'entouraient.

— Ensuite ? Vous êtes allés voir l'épave ?

L'homme ralluma son cigare avec un briquet qui brûla dans la nuit d'une courte flamme bleue.

— Nous n'en n'avons pas eu le temps. Les Français ont envoyé un bateau pour explorer la zone. Ils n'ont rien trouvé, nous ont-ils rapporté. Aucune trace des grosses crevettes ni des restes des plongeurs. Tout, selon eux, était propre. Selon la version officielle, les plongeurs auraient été victimes de la narcose des profondeurs ou auraient disparu dans une faille sous-marine.

La jeune femme avait repéré un tueur de plus dans la nuit.

— Tu n'y crois pas ?

— Je ne peux y croire. Nos contacts officiels ne nous ont pas expliqué pourquoi le premier ministre a envoyé le BSNC *Poséidon*[17], avec ses plongeurs des services secrets, à la recherche des disparus. Procédure administrative insensée. Non, c'est eux qui ont fait le nettoyage. Ils ont dynamité l'épave afin que du matériel lourd puisse pomper et racler jusqu'au moindre indice ce qui est arrivé aux plongeurs. Le rôle du premier ministre est trouble. A-t-il agi en pensant que ses concitoyens ne comprendraient pas le choix qu'il a fait, pour la France, en finançant ce projet ? L'hypothèse tient de la paranoïa, non ? Mais je l'ose tout de même.

Le couple de hiboux revint vers le chêne en faisant un grand cercle pour éviter un taillis de hêtres. À leur coup d'aile, Ming comprit que l'un des snipers était logé dans l'arbre de gauche. Le Noir aux tempes grises poursuivit, de son accent français légèrement antillais, après avoir tiré une nouvelle fois sur son barreau de chaise.

— Donc, ce que tu sais et que je sais, c'est que tu es au premier plan du projet.

— Et tu crains que tout ne soit pas suffisamment bordé sur le plan scientifique...

— Tu sais, je n'ai pas peur qu'un banc de krill vienne manger des enfants sur le bord de la mer comme le requin blanc des *Dents de la mer*. Ce que nos équipes scientifiques prédisent, à l'aune du récit de l'Anglais, c'est un dérèglement possible du premier maillon de la chaîne alimentaire.

— Tu m'expliques ?

— Des bancs aussi puissants de krill se sont échappés d'un laboratoire, ou de plusieurs laboratoires, dont le plus important pourrait être celui de Genetik Corp. à Sendaï.

---

17 Bâtiment de soutien aux nageurs de combat.

— Le tsunami ! La vague qui a suivi le tremblement de terre de 2010 ! Merde... On a craint un nouveau Tchernobyl, alors qu'il s'agissait d'un empoisonnement de la planète par une espèce inconnue... Les gouvernements sont au courant, c'est ça ?

— Les gouvernements continuent à s'intéresser au projet, en essayant de détruire les conséquences du tsunami. Les bestioles se nourrissant de la même soupe de phyto et de microplancton que leurs petits cousins, elles vont piller le premier stade de la chaîne alimentaire.

— Te voilà devenu un vibrant défenseur de l'écologie ? Encore plus terrible que tes inquiétants récits sur l'origine de tes cicatrices...

— Tu dois me comprendre... *Business is business*. Obama reste définitivement opposé au projet, tout simplement parce qu'il met en danger nos industries côtières et celles de nos alliés commerciaux. C'est pour ça qu'on s'intéresse à ton nouveau partenaire, ce Genetik Corp., ce premier pôle européen de recherche biologique, financé ouvertement par des capitaux anglais et français, par les Russes aussi, vraisemblablement, et, sans qu'on ait aucune preuve, par un conglomérat maffieux de Saint-Pétersbourg.

Les nuages couraient dans le ciel, créant un kaléidoscope d'ombres chinoises. Deux mille ans auparavant, Liu Bang, le chef de l'armée des Hans, avait dressé sur les remparts de sa forteresse des milliers de faux guerriers en cuir qui avaient fait fuir les troupes ennemies. Ming compta de nouveau les hommes embusqués autour de la clairière, en cherchant à distinguer les vraies ombres des fausses, tout en se demandant si l'Américain jouait avec elle une partie de poker menteur. L'ensemble du dispositif comprenait trois snipers, sept hommes autour d'elle, dont l'adjoint de son interlocuteur qui l'avait péniblement tripotée à son arrivée, un autre pour le repli et la défense des voitures, plus leur chef armé et protégé d'un gilet et de sa force légendaire. Elle se détendit et se rappela qu'ils avaient été amants. Elle leva lentement la main vers le visage de l'Américain. Il sourit et lui tendit le cigare, dont elle tira une profonde bouffée avant de le lui rendre. La fumée sortit de ses narines, doucement ; on aurait dit un dragon au repos.

L'adjoint se rapprocha, car il n'arrivait pas à entendre ce que la jeune femme susurrait à l'oreille de son chef. Il était en mission et devait rapporter ce qu'il entendait. Son mouvement les obligea à se séparer. Ming regarda celui qui l'avait tripotée, et ses yeux lancèrent des lueurs inquiétantes. L'homme recula, comme devant un chien qui gronde. Après les révélations de l'officier de la CIA, elle savait qu'elle ne serait pas abattue dans la forêt et que les charges qu'elle avait disséminées autour des guetteurs ne serviraient pas à couvrir une retraite précipitée. Un jour, si besoin était, pour peu que les services de déminage de l'ambassade ne la retrouvent pas, la charge placée sous la caisse du gros pick-up ferait passer l'adjoint de vie à trépas. Quant à Mark, elle ne pourrait jamais oublier la folle nuit qu'ils avaient passée dans un hôtel minable de Hong Kong jusqu'aux premières lueurs du jour. Posant son doigt long et fin sur la bouche de son amant pour lui imposer le silence, elle lui avait chuchoté dans l'oreille avant de disparaître :

— Mark, n'oublie jamais. Pour moi, pour toi, demain sera toujours la guerre...

« Demain, la guerre... » Ces mots s'étaient inscrits dans la mémoire de l'agent de la CIA, tels la promesse d'un paradis ou d'un enfer éternels.

SIÈGE DE LA DGSE, PARIS
DÉCEMBRE

Carignac regardait Le Chien. Le braque de Weimar observait son nouveau maître sans complaisance. Il l'avait suivi toute la journée précédente, après que le général l'eut ramené de la maison du maire jusqu'à Paris. Là-bas, dans le village du Sud-Ouest, personne n'avait fait le moindre commentaire quand, après l'enterrement, le préfet, en uniforme, était venu saluer l'autre uniforme aux feuilles de chêne présent à la cérémonie. Aucun des villageois ne se rappelait avoir vu Carignac en grande tenue. L'hommage qu'il avait voulu rendre à son ami était pourtant bien insuffisant. Le fils du maire, dans un uniforme neuf de marin, casquette blanche marquée de l'ancre d'élève sous-marinier, avait accepté l'embrassade du général après l'avoir salué à six mètres, raide et les yeux embués de larmes.

Son père, dans un testament précis confiant tous ses biens à son fils, avait demandé à Carignac de prendre soin de l'animal, et Carignac avait fait la route, conduit par son chauffeur, un chien assis tranquillement à ses côtés, observant dehors par la vitre et tournant de temps en temps la tête vers son nouveau maître. Dans le coffre, Carignac avait eu l'impression de ranger le baluchon d'un orphelin : gamelles, jouets et grand panier en tissu écossais. Arrivé à destination dans le pavillon du général en banlieue parisienne, l'animal était passé à côté de l'épouse du général sans la regarder et s'était endormi sur le tapis près de la cheminée. Depuis, dès que Carignac faisait un pas, le chien venait buter contre ses jambes. De même, quand quelqu'un s'approchait trop vivement, il s'interposait, retroussait les babines et un son puissant et sourd sortait de sa poitrine. Carignac levait la main pour le faire s'allonger et en ressentait un profond sentiment de fierté et d'affection pour son nouvel ami.

Le premier jour, il avait décidé de le laisser à la maison pendant qu'il était au bureau. Au bout de quelques heures, sa femme interrompit une réunion de travail en lui intimant l'ordre de venir sur-le-champ chercher son animal qui allait la rendre folle s'il continuait à pleurer derrière la porte-fenêtre du salon. Il reconnut la voiture du général lorsqu'elle arriva et à peine le chauffeur avait-il ouvert la portière qu'il prenait place à l'arrière, à gauche. Il fit ensuite son entrée, digne, dans la cour du boulevard Mortier.

En le voyant apparaître, seul, avec ses trente-cinq kilos de muscles et sa démarche féline, la secrétaire du général avait poussé un cri. Aucun commentaire n'avait été fait de part et d'autre. Le chien ne devait en aucun cas être l'objet d'une discussion ou d'une remarque.

Carignac soutint le regard interrogateur du Chien. Son chien. Directeur général de la DGSE depuis trente-trois mois, il commençait à marquer le service d'une empreinte originale. Pas de rupture, contrairement à ce qu'avaient fait nombre de ses prédécesseurs, pas d'équipes de commandement pléthoriques à la Marion[18], pas de clans autour de lui. Il s'était progressivement affirmé comme un chef solitaire, mais incontestable, libérant ses subordonnés de la tentation du pouvoir sans responsabilités, tout en les forçant à une autonomie limitée à leurs prérogatives. Issu du renseignement, il avait naturellement appliqué à son commandement les règles du cloisonnement du service de renseignement extérieur. Il était le seul au gouvernail et voulait faire de son navire un outil efficace au service de l'État. Surtout pas l'usine d'informations inefficaces dont on lui avait donné la responsabilité trois ans plus tôt.

Il appuya sur la touche de l'interphone.

— Dites, Béatrice, faites-moi monter le directeur du Renseignement... et puis voyez si Lefort est dans les parages...

Il sentit une tête se poser sur ses genoux : Le Chien, il n'avait jamais connu d'autre nom, s'endormait, assis, ronflant déjà du bonheur d'être contre son maître.

18 Premier directeur de la DGSE de la présidence de François Mitterrand.

— *Zdrastie, tavarichtch*[19] !

La voix suave, à la limite de l'audible, fit sursauter George Edward Hampton.

Il savait depuis toujours qu'il serait un jour assassiné sans avoir eu le temps ni le courage, peut-être, de voir son bourreau. Égorgé dans une foule ou tiré par un sniper comme un lapin de garenne sur la pelouse trop bien tondue d'un parc du centre-ville de la capitale britannique. Pour cette seule raison, il n'avait jamais eu de femme dans sa vie, ni d'homme, ni même d'animal de compagnie. Il était la cible potentielle d'au moins une centaine de « contrats » qui n'avaient eu de commercial que les modalités de paiement. Il n'avait jamais pratiqué de filatures ou de maquillages, ne remarquait jamais les anomalies d'une foule, ne croyait ni à l'intuition, ni aux failles d'un plan de chasse ni ne cherchait à détecter le comportement inquiétant d'un espion dans un milieu non hostile. Il se fiait seulement à la technique, n'hésitait jamais à doubler les trajets de surveillance lui permettant de repérer un éventuel suiveur, ou bien se faisait accompagner par un professionnel. George vivait dans la peur depuis qu'il était entré à la pension du Komsomol, trente ans plus tôt. Pour expulser sa terreur, comme on lavait un affront dans les siècles passés, il avait tué à son tour.

---

19 « Salut, camarade ! »

L'homme qui lui chuchotait en russe à l'oreille sentait l'eau de Cologne bon marché et le bonbon à l'anis. Un arrière-fond de cigare noyé dans un alcool fort mettait la touche finale à cette signature olfactive, ce qui permit à George de le reconnaître sans avoir à se retourner. Il remarqua que l'homme portait un pansement sur l'oreille.

— Jack ! Déjà de retour ! Qu'as-tu fait de ta brune Marie ? Tu as abusé du cognac dans l'avion ! Et je déteste ton parfum ! Non ? Tu ne t'es pas aspergé de celui des toilettes d'Air France ? Tu n'as pas osé ? ! Toi, le coureur de jupons le plus expérimenté que je connaisse !

Jack Andriès do Marsa dont les ancêtres coupaient les jarrets des pénitents marchant sur la route de Compostelle quand ils traversaient les terres du château familial sans payer le droit de passage, s'assit souplement sur le banc qui faisait face au *Jugement de Pâris* de William Blake. Il fit la moue en voyant les nus et les poses lascives. Dans le corps d'une femme, il n'aimait que la fureur et la performance. Pourtant, le titre de la toile était bien choisi pour cette rencontre, très représentatif du goût et de la culture de l'avocat. Il évoquait l'homonymie entre le héros grec et la capitale française. Jack ne comptait plus les épisodes de sa vie où il était devenu un Pâris volant son Hélène à un riche Ménélas. Devant eux défilèrent un groupe de Japonais plus affairés à manipuler leurs Minolta qu'à admirer les œuvres accrochées au mur. Les deux hommes se turent, attendant d'être à nouveau seuls. Un coup d'œil de l'avocat anglais lui apprit que son compagnon avait troqué ses habits stricts de banquier parisien pour un ensemble sport de hobereau. Pull à col roulé en cachemire noir faisant ressortir sa silhouette sportive, pantalon en velours côtelé, Church's noires brillant du travail d'un cireur professionnel. Une veste en tweed clair ponctuait le tout. George se félicita d'avoir choisi une pochette de couleur pour se démarquer de son compagnon.

— Jack, je te félicite pour le choix de ton veston... Paris ?

Jack sourit, il savait comment l'Anglais réagissait quand l'un de ses invités avait le mauvais goût de choisir la même cravate ou le même costume que lui. Il l'avait suivi depuis le matin, vérifiant tous ses rendez-vous pour s'assurer qu'il ne l'entraînait pas dans un piège des services anglais. Un retournement était improbable, mais Jack n'était pas sur son terrain favori. Les vérifications nécessaires ne lui avaient pris que quelques heures. Il en avait profité pour acheter la même veste que l'Anglais.

— Pas Paris, mais Londres, ta boutique sur Savile Row.

George se retint de se retourner vers le grossier Hispano-Russe, fils d'un activiste antifranquiste et d'une diplomate russe. Jack avait passé sa jeunesse entre les maquis des Pyrénées et les bals des ambassades. L'enfant en avait conçu un amour pour la clandestinité et un besoin contradictoire de luxe et de confort, schizophrénie dont s'accommodait l'adulte qu'il était devenu.

— Tu m'as filé, Jack ?

— Bien sûr, George. Il fallait que je sois certain de ne pas avoir à te tuer en arrivant à notre rendez-vous.

George sentit le canon du pistolet que son janissaire poussait vers ses côtes. Il connaissait l'habitude du tueur en matière d'armes. La carcasse, la chambre de tir et le mécanisme d'un Smith & Wesson SW40F ; une crosse, une glissière et l'habillage d'un modeste Makarov : l'ensemble donnait l'impression d'une arme passe-partout de voyou sans moyens. La puissance de feu des dix-sept coups de neuf millimètres et la précision du tir restaient celles du professionnel sans pitié. Il reprit la discussion sans trahir la terreur qui s'emparait progressivement de lui.

— Jack ! Arrête de jouer au petit garnement ! Range-moi ton arsenal ! On pourrait se faire remarquer !

Le tueur se leva pour aller regarder la toile de plus près. L'arme avait disparu comme par enchantement. George le rejoignit. Il devait se demander s'il pourrait un jour s'offrir une telle œuvre sans restreindre son train de vie aux plaisirs multiples et onéreux.

— Tu as laissé Marie à ton hôtel ?

Jack ne se retourna pas ; un sourire se reflétait sur la glace protectrice de la peinture du maître anglais.

— Marie est restée à Paris, pour toujours. Tu veux savoir où elle est ? Elle n'a pas bougé de son appartement. Elle trempe.

George comprit qu'il ne reverrait pas sa protégée. Il ne fallait pas tromper Jack. Il n'avait plus aucune notion de ce qui distingue le bien et le mal, comme c'était souvent le cas des soldats des forces spéciales russes rentrés des guerres afghanes ou tchétchènes. George repensa à ce joli corps qu'il n'avait pas touché.

— Je pensais que tu t'étais un peu attaché à la jolie hôtesse de l'air, Jack... Tu me fais de la peine. Un si joli minois... et sérieuse, en plus. Elle devait travailler avec toi sur le prochain dossier.

Jack se retourna vers l'avocat. Il scruta les gouttes de sueur qui étaient apparues sur son front et son cou ; George transpirait de peur.

— Ne me refais plus cela, George. Ne mets plus jamais un ou une de tes espionnes dans mon lit. La prochaine fois, c'est toi qui tremperas dans ta sueur quand je t'étranglerai. Tu sais, elle a vraiment été surprise de boire la tasse dans son eau parfumée.

Il garda son sérieux un instant, puis s'esclaffa bruyamment, tapant dans le dos du gros homme qui toussa et partit d'un grand rire semblable au cri aigu d'un corbeau, sous les yeux effarés d'un nouveau groupe de Japonais entré dans la pièce pour éclairer de leurs flashs les quelques toiles de maîtres, malgré les interdits écrits dans toutes les langues sur les murs des pièces.

— Jack ! Cela me fait plaisir de te retrouver en pleine forme ! Toujours le grand poète que j'ai connu ! Allez ! Suis-moi, nous allons au cabinet retrouver nos petits camarades de jeu. Je t'expliquerai le voyage que nous allons faire dans le sud de la France. La richesse nous attend !

Dans l'angle de la salle, un homme se détacha du groupe de touristes. Il rendit son appareil photo au Japonais qui le suivait en comptant les billets de dix livres que l'homme lui avait donnés. L'agent anglais du MI5 avait au préalable rembobiné la pellicule et l'avait mise dans sa poche. Il s'empara de son cellulaire. Il tenait le scoop de la journée.

Jean Lefort n'était pas retourné sur son bateau de la mer Rouge. Il l'avait confié à son équipage qui vivrait, durant le doux hiver égyptien, de contrebande et de croisières pour touristes. Il avait accepté une mission pour le général Carignac, puis une autre, remettant toujours à plus tard son retour en Égypte.

Le soleil entrait dans le duplex de la rue de Châteaudun, dans le 9ᵉ arrondissement, après un trajet complexe entre les toits et les antennes entourant l'immeuble haussmannien. L'ancien commandant de la DGSE profitait de l'appartement d'un ami écrivain parti vivre quelques années au Canada. Assis dans le fauteuil club de cuir sombre, sirotant un verre de bordeaux, il terminait de lire les notes de sa dernière mission quand le téléphone sonna. Par la voix enjouée de sa secrétaire, le général Carignac l'invitait à lui rendre une visite de courtoisie, au plus vite. Il raccrocha, prit son casque de motard dans le vestibule et dévala les marches, saluant au passage sa concierge, l'épouse efficace d'un gendarme à la retraite qui ne laissait passer aucun inconnu dans la cour. Un léger tour de poignet et le puissant moteur de la Triumph s'ébroua. Vingt minutes plus tard, il était dans le sas de l'entrée du boulevard Mortier, attendant calmement qu'on lui accroche un badge sur la poitrine et qu'une paire de gardiens, cheveux courts et tenue militaire, l'accompagnent, sans un mot, vers le sanctuaire de leur chef.

Le général Carignac était assis dans le petit salon qui occupait la plus grande partie de son bureau. Les lieux avaient retrouvé leur aspect d'avant 1981, date à laquelle un nouveau patron, voulant marquer le «changement», avait décidé de leur donner un aspect plus moderne en prélevant sur le mobilier de l'État des meubles contemporains clinquants et peu confortables. Le passage successif et parfois rapide des directeurs avait laissé, jusqu'à la nomination de Carignac, une impression de bureau abandonné. À son arrivée, le nouveau patron avait sorti des réserves les fauteuils, les étagères et les livres amassés par des générations de chefs des services français. Il s'était débarrassé du mobilier moderne et coûteux et, point d'orgue de son aménagement, avait redonné leurs lettres de noblesse aux vieilles cartes d'opérations. Sur l'une d'elles, un général actif peu après la Seconde Guerre mondiale avait écrit, en travers et au crayon feutre, d'une écriture rageuse : «Règle n° 1 : le diplotame n'aime pas l'espionade.» .

Lefort entra discrètement, salua le général et tendit la main à l'autre invité, en qui il reconnut le directeur du renseignement de la DGSE. L'ancien militaire, à l'expression des deux étoilés, sentit tout de suite qu'on allait lui proposer une nouvelle mission.

— Asseyez-vous, Lefort, nous en sommes au thé, un *tea time* avancé pour raison tactique... Une tasse bien bouillante comme vous l'appréciez ?

Carignac n'attendait jamais l'accord de ses invités concernant sa boisson favorite : le thé, un breuvage sacré qui lui faisait oublier qu'il avait été un adorateur du dieu café. Il revint vers Lefort en lui tendant une tasse d'un liquide proche de l'ébullition. À peine assis, ravi de sa manœuvre, il posa un dossier sur les genoux de Lefort, ce qui augmenta l'embarras de l'ex-militaire : d'une main, il devait tenir la tasse, et de l'autre, feuilleter le dossier. Craignant une catastrophe alliant brûlure au second degré et destruction par noyade d'un dossier confidentiel, il décida de se brûler et, d'une traite, avala le thé.

— Je vous avais dit que Lefort ne buvait son thé qu'au-delà des soixante-dix degrés ! Une vraie prouesse !

Carignac souriait à son adjoint, lequel regardait, goguenard, le jeune retraité de la DGSE. Carignac renifla la surface de sa tasse, souffla bruyamment sur le liquide puis engagea la conversation.

— Lefort, nous allons vous présenter un dossier encore plus chaud que votre thé et, pour ce qui concerne notre « maison », à la limite de nos prérogatives... La DCRI[20] est aussi sur le coup, mais vous savez comment ils sont avec le pouvoir politique... surtout en ce moment. Ils sont très prudents quand un dossier arrive sur leur bureau avec la signature d'un ministre engagé dans la lutte pour la présidence, surtout quand il s'agit du premier d'entre eux. Avec la guerre des clans actuelle, ils préfèrent attendre et laisser couver les braises, plutôt que de lancer une marmite d'huile sur le feu. Quoi qu'il en soit, nous ne pouvons intervenir officiellement sur le territoire national. Vous allez devoir voyager vers vos contrées préférées, en particulier Riga et Saint-Pétersbourg. À vous, mon général. Dessinez à notre jeune ami un petit tableau de la situation.

Le chef des « Rens' » posa sa tasse, toujours pleine et fumante, sur l'unique table du salon et croisa les doigts, concentré. Lefort comprit que la place où s'était assis l'adjoint de Carignac avait un rôle stratégique lors des réunions du directeur général. Seules deux personnes pouvaient poser leur tasse et attendre sereinement que le breuvage soit buvable.

— Dans les années quatre-vingt-dix, un bureau spécial du SVR russe fut créé pour s'occuper des activités économiques de l'Ouest. C'est le président Poutine, alors chef du service de renseignement russe, qui avait donné cette priorité à ce nouveau directorat, appelé « Économie et Science ». Rien qu'en Allemagne, les services de contre-espionnage de la RFA comptabilisaient plus de trois mille cinq cents sociétés, officines et représentations économiques soupçonnées d'être des sources de renseignements militaires et comptant un ou plusieurs agents recensés. Le talent visionnaire de Poutine, qui avait été chef de l'antenne du KGB en Allemagne de l'Est, avait été de prépositionner, depuis l'Allemagne de l'Est et en particulier à Leipzig, mais aussi en Pologne et dans les pays baltes depuis la Finlande, des agents dormants et des sociétés ayant de véritables activités économiques et raisons sociales, en attendant l'effondrement inéluctable du marché commun communiste, le

---

20 La Direction centrale du Renseignement intérieur est en charge de la collecte du renseignement et de la lutte antiterroriste sur le territoire français. Elle regroupe les anciens Renseignements généraux et la Direction de Surveillance du territoire. Cette « Direction centrale – et non générale – dépend du ministère de l'Intérieur français.

CAEM[21]. Le dossier d'aujourd'hui est un pur produit de cette volonté qu'ont eue – et qu'ont toujours – les Russes de rattraper le retard technologique accumulé pendant l'ère soviétique. Carign... le directeur général s'est inquiété de l'arrivée, dans son bastion familial du Sud-Ouest, d'un groupe de sociétés spécialisées en recherches avancées et particulièrement en biologie marine. Le projet consiste à faire entrer la mer, par la Garonne, sur cent kilomètres ; travaux pharaoniques, mais finançables. On a fait notre petite enquête habituelle... Le chef de file des industriels est un gros cabinet d'avocats britannique, mais le groupe des sociétés partenaires est composé d'une dizaine d'autres compagnies, françaises et étrangères, toutes européennes, dont les capitaux proviennent de montages complexes et de rachats successifs se perdant dans des îles paradisiaques pour le blanchiment de l'argent sale. Bien entendu, leur projet est bouclé et les financements de Bruxelles sont prêts. L'État français, au garde-à-vous derrière son premier ministre, en fait une priorité, avec l'ambition de mener ainsi un New Deal à la française autour de dizaines de milliers d'emplois créés. Pour le timing, on arrive comme la cavalerie, en retard ; les premiers bulldozers sont déjà en train d'arracher oliviers et vignes pour aménager le futur site de haute technologie qui entourera les milliers d'hectares de bassins d'eau salée.

Tout en écoutant le général, Lefort tournait les pages de son dossier, mémorisait les lieux et les noms tout en se familiarisant avec l'architecture de la mission. Les services français avaient fait un travail de recherche considérable sur ces sociétés étrangères, relevant les anomalies des transferts de capitaux ainsi que celles des *curriculum vitæ* des dirigeants. Selon plusieurs fiches, des Russes avaient la majorité dans les conseils d'administration ou des minorités de blocage permettant de contrôler a priori les emplois stratégiques au sein des sociétés. En prenant chaque dossier un par un, on ne pouvait que se féliciter de la bonne gestion et de la bonne santé des sociétés composant le conglomérat. En revanche, en observant l'ensemble du dossier, le montage économique donnait le vertige : il reposait en effet sur une myriade de compagnies et de filiales ouvertement interconnectées autour d'un projet pour lequel les autorités européennes avaient exigé la création d'un « groupe d'intérêt économique », ou GIE. En imposant une structure commune, les technocrates responsables du contrôle des monopoles au sein de la Communauté

---

21   Aussi appelé COMECOM par les Anglais. Dissous en 1991.

européenne avaient ainsi favorisé cette incroyable manœuvre de guerre économique.

Le général reprit le fil de sa pensée, après avoir testé, du bout des lèvres, la température du thé servi par Carignac. Il reposa sa tasse, toujours pleine.

— Le point de départ de nos découvertes était une suspicion d'intelligence économique planifiée par un État... « concurrent ». En 1988, le directeur financier d'une grande société de la région parisienne – spécialisée en applications industrielles des brevets en génétique, propriétaire de plusieurs découvertes importantes plaçant la France à la pointe de ce secteur, et futur intervenant majeur du GIE que nous étudions – a convaincu son patron, l'unique propriétaire de son groupe, de recevoir le représentant de la compagnie d'assurances luxembourgeoise Genetik Life. Cette compagnie est une filiale d'une banque allemande, bien connue de nos services pour s'être jetée, sans aucune réaction de nos élites, sur une part non négligeable d'un de nos groupes d'assurances. Elle est dirigée par un ex-officier de la Stasi, placé sous la surveillance de nos équipes parce qu'il est le grand financier et le principal soutien de la filiale anglaise de la plus importante société pétrolière russe : Gazprom Marketing & Trading Limited. Gazprom intervient sur les marchés des capitaux pour placer ses options d'achats et de ventes spéculatives, fondées sur des prévisions de production du brut et de ventes du pétrole raffiné par les usines de la maison mère. Cela vous dit quelque chose, Gazprom ? Un des chevaux de bataille du grand Vladimir Poutine, le grand nettoyage de l'oligarchie antirusse...

Lefort laissa le chef des Rens' poursuivre sa démonstration. Au signe de Carignac désignant sa tasse vide, Lefort acquiesça. Le patron de la DGSE se leva prestement, enchanté de trouver un allié, amateur de sa drogue préférée. Le Chien, que Lefort n'avait pas encore remarqué, vint le renifler, puis s'étira avant de se lover en boule dans le fauteuil laissé libre par Carignac. Le général grommela et approcha une autre chaise à côté de son adjoint qui reprit son exposé.

— Le cadre juridique de l'assurance luxembourgeoise ressemble un peu au nôtre. Il a pour particularité la présence de trois personnes légales et contractuelles, toutes réelles propriétaires indivisibles, à l'échéance, du contrat. Pendant la « vie » du placement, le propriétaire unique reste la compagnie d'assurances. Les trois possesseurs sont un souscripteur (celui qui fait le chèque), un assuré (celui sur lequel repose le risque du contrat) et un bénéficiaire (celui qui recevra le profit du contrat si le risque « décès » est constaté). Dans notre cas, très intéressant, le juriste luxembourgeois de Genetik Life a amené son futur client à constater que, en cas de disparition de sa personne, la société succomberait elle aussi en raison d'une succession rendue quasi impossible par le montant des droits de succession bien trop lourds pour les héritiers. Il a alors proposé de placer les titres du groupe biochimique dans un contrat d'assurance luxembourgeois de gestion d'actions. Ce faisant, il répartissait ainsi les tâches entre les trois futurs propriétaires du contrat. Le souscripteur serait la société du bonhomme apportant ses titres, l'assuré, notre bon chef d'entreprise, et le bénéficiaire, pour éviter tout abus de droit, la même société qu'il dirigeait. Une belle boucle, martingale de blanchiment de droits d'héritage. L'avantage était évident sur le plan fiscal : le contrat, parce que soumis à la loi de fiscalité particulière à la gestion de l'assurance vie du Luxembourg, exonérerait les plus-values internes. Les droits de succession seraient annulés, comme le sont les profits des contrats d'assurance-vie à la mort de l'assuré. En cas de décès, le montant indiqué et revalorisé du contrat de propriété des titres reviendrait en bloc aux successeurs, en cash. Ils seraient riches et le groupe biochimique ne serait pas partitionné pour payer les impôts. Net, propre, ingénieux. Génial, non ?

Les yeux des deux généraux brillaient, ils attendaient la réaction de Jean Lefort qui essayait de démêler les méandres du montage financier. Mais il garda le silence, patiemment, jusqu'à ce que l'adjoint reprenne sa démonstration, avalant auparavant une nouvelle gorgée de thé. Les deux généraux se regardèrent, quelque peu déçus par la patience de leur cadet.

— Lefort, vous méritez des fois que l'on ne vous confie aucun de nos petits secrets ! Faites au moins une moue dubitative ou un « Ah ! » intéressé ! Allez, continuons.

Carignac se leva et fourra de force une nouvelle tasse dans la main du chef de la direction du renseignement, lui soutirant une grimace. Le Chien en avait profité pour changer de place et se coucher à nouveau dans le fauteuil, chaud, laissé vacant. Le vieux général le regarda, tendit le doigt vers le bureau, et Le Chien partit se coucher sous le meuble, penaud et la queue basse. Le DR cligna de l'œil vers Lefort et reprit.

— Génial, en effet, mais, quand le Service a lancé ses grandes antennes sur le sujet, nous nous sommes aperçus que ledit directeur financier de Genetik Life était en fait un agent de l'Est, capitaine du SVR russe, parti, depuis, dans les hautes sphères du conseil d'administration d'une autre société qui a produit son petit scandale d'espionnage dans les années quatre-vingt-dix en Suède. On avait découvert que l'un de ses employés, un comptable du groupe AVV, était un ancien de la Stasi qui refilait des renseignements économiques à ses anciens patrons soviétiques devenus, grâce à la grande marche de la démocratie, des nationalistes russes. Le juriste a, aujourd'hui, totalement disparu de nos écrans. Nous pensons que c'était un « dormant » du premier directorat, qu'il a fait une carrière courte auprès des grandes banques et sociétés européennes, avant de se reconvertir dans l'assassinat des Tchétchènes ou la vente de Coca-Cola à Saint-Pétersbourg.

Lefort, habitué à la chasse aux illégaux, comprit que l'espion russe avait eu les moyens de refaire sa vie sous un nouveau nom et un nouveau visage. Revenant sur son dossier, il nota que beaucoup de noms français avaient été caviardés. Un censeur politique du bureau juridique de la DGSE avait donc œuvré.

— Enfin, le plus intéressant… La Maserati de notre chef d'entreprise parisien, devenu riche et puissant, poussé au second marché par le directeur financier, a glissé sur une plaque de glace en plein hiver, alors que la tempête aurait dû l'inciter à lire confortablement *La Tribune* au coin du feu. On soupçonne une histoire d'adultère, sans que les enquêteurs aient retrouvé la maîtresse. On a relevé un échange de coups de téléphone étranges avant son départ précipité du domicile familial. Notre maréchaussée a classé le dossier sous la pression forte et appuyée, sur le plan politique, de la famille, proche du premier ministre. Officiellement, prévaut donc la thèse du tragique accident de la route. Donc, après cette « mort par accident », le contrat d'assurance a été dénoué par le paiement de sa valeur en Bourse aux héritiers éplorés, devenus soudain tellement riches qu'ils en pleurent encore. La propriété et le pouvoir total du conseil d'administration sont passés, quant à eux, aux mains de la compagnie d'assurances, filiale de la banque allemande. Nous savons qu'elle appartient elle-même à une banque lettone, dont les deux propriétaires sont un Letton d'origine russe et un avocat anglais. Toc, on reste en Europe, mais on est letton, on se fait classer AA1 par Moody's et on donne des leçons de gestion étatique à la vieille Europe tout en boulottant ses trésors rescapés de la grande crise.

— Et en douceur !

Carignac avait lancé ces mots pour signifier son refus de laisser entrer ainsi les sociétés étrangères. Souvent opposé aux politiques, il les avait patiemment instruits de l'urgence de posséder, comme les Américains, un outil de renseignement économique efficace. Son adjoint continua, boudant une nouvelle fois le breuvage bouillant.

— En douceur, en effet. Nos gouvernants n'y ont vu que du feu, ainsi que notre grand spécialiste de l'intelligence économique nommé par le président. Ils n'ont cru qu'à une manœuvre de financiers, un acte salutaire à la gestion d'une entreprise trop franco-française. En deux mots, notre savoir-faire et nos secrets sont passés à l'ennemi sans que personne n'y voie un début de commencement de complot. Cette société est, bien entendu, le noyau technique du projet du Sud-Ouest, elle embauche à tour de bras des chercheurs français et européens. Elle s'installera dès l'été prochain dans ses nouveaux locaux ensoleillés. Nous ne comptons plus les enveloppes brunes remplies de dollars ou d'euros, ainsi que les autres avantages en nature, les jolies Russes aux longues jambes offertes pour les aussi longues fins de semaine sans épouse...

Lefort poussa un « Ah ! » au grand plaisir des deux hommes et à l'étonnement du Chien qui leva la tête vers lui. L'ancien commandant de la DGSE venait de trouver sa cible.

Tous les faits relatés dans le dossier remontaient vers une seule cible, la banque de Riga et ses deux propriétaires. Lefort regarda la fiche concernant l'organigramme et examina la photographie du vice-président, Agris Laurenis, jeune avocat trop sérieux pour ne pas avoir une faiblesse. Ce serait son premier objectif ; il lui permettrait, le plus simplement du monde, d'entrer dans le cercle amical des patrons de la banque.

Il connaissait maintenant sa mission.

12

Les grands lampadaires Art déco de la gare Moscou, à Saint-Pétersbourg, brillaient sous une neige mêlée de pluie. Les halos de leurs triples lumières jaunes, tremblantes dans la brume, frémissaient sous les rafales salées venues du golfe de Finlande, se reflétaient dans les flaques d'eau boueuse et les vitres des tramways, avant d'être absorbés par la pierre grise des grands édifices de la place. En cette fin de journée, la bouche de la gare semblait vomir la foule grise et pressée, dans les mêmes tons que les reflets du ciel. La multitude hésitait, partagée entre l'avenue Nevsky, vers l'est, et la Ligovsky, plein sud, avant de se jeter, par mimétisme grégaire, vers une destination incertaine. Aucun son humain ne sortait de cette masse mouvante, abattue et apeurée par les cris métalliques des trains parqués, là-bas, dans la grande cage d'acier et de verre construite par Eiffel.

Ming attendait sur le bord de l'avenue, la tête couverte d'un foulard, une paire de lunettes aux montures fines sur le nez. La mèche auburn qui sortait de la soie lui donnait une allure juvénile. On aurait pu la prendre pour une secrétaire de direction attendant son taxi, mais elle jouait un nouveau rôle, tout droit sorti du fantasme d'un banquier. Elle incarnerait à la perfection l'héroïne d'un feuilleton des années soixante-dix. Elle chercha des yeux son lampadaire fétiche, l'un des derniers de la place Vosnaïa, un grand tube de bronze à l'œil unique, noir de pollution grasse, oublié dans sa tâche nocturne, dont l'ampoule avait déjà grillé avant qu'elle ne le remarque, cinq ans auparavant.

Une grande Audi noire aux vitres teintées s'arrêta devant la jeune femme. Un van de la même couleur l'avait précédée. Ming remarqua encore un autre véhicule identique cinquante mètres derrière. À l'avant de l'Audi, deux paires de lunettes noires l'observaient. Elle s'engouffra par la porte qu'on venait d'ouvrir de l'intérieur et lança son sac devant elle. Un grognement répondit à la réception du lourd objet. Ming découvrit la tête grimaçante du numéro deux du premier directorat du FSB.

— Eh bien, Alexandre ? On ne tient plus la porte aux dames ?

Elle avait parlé dans la langue russe fine et recherchée de Saint-Pétersbourg. Elle aurait pu ajouter quelques mots d'argot de la banlieue de Moscou, ville d'où venait l'homme assis sur la banquette. Il n'arrivait pas à cacher son accent de banlieue, celui des « Noirs[22] », les races du sud de l'ex-Union, exilées dans les quartiers pauvres des grandes villes de l'Union soviétique. Au premier mot, Ming aurait deviné l'origine de son interlocuteur.

— Bonjour, Ming. Ta douceur légendaire te précède, même pour entrer dans une voiture. As-tu fait bon voyage ?

Elle regarda les monuments défiler à travers la vitre blindée, inscrivant dans sa mémoire les changements que le temps avait apportés à sa ville. Avec ses tramways arborant de grandes publicités pour LG, les bannières vantant les Elan de General Motors, Saint-Pétersbourg se donnait des airs de ville tournée vers l'Ouest. Mais la foule compacte, courbée sous les rafales de pluie et de neige, traversant la Ligovsky Prospekt, confirmait à la jeune femme que c'était toujours la ville de son enfance. Les mêmes babouchkas côtoyant des jeunes femmes aux minijupes provocantes, les mêmes jeunes aux cheveux longs croisant des marins aux crânes rasés, c'était bien là l'image qu'elle avait gardée de la Venise du Nord. Le convoi se dirigeant vers le sud, elle en déduisit qu'ils se rendaient au centre d'entraînement spécial du FSB, à la limite de Volkovo.

Elle gardait le silence. Des années auparavant, après que l'officier du FSB eut tenté de la violer lors d'une séance d'entraînement au corps à corps, elle avait décidé qu'elle ne lui répondrait plus que lorsqu'il l'interrogerait sur les missions en cours. Elle alluma une cigarette alors que, elle le savait, il essayait d'arrêter de fumer. Il toussa et essaya

---

22 *Tchiornie.*

en vain d'ouvrir les vitres que bloquait le système de sécurité. Elle se sentait aussi oppressée que lui, non par le confinement de la voiture, mais parce qu'elle rêvait de marcher à l'air libre dans les rues de Saint-Pétersbourg, de traîner à l'Ermitage ou de paresser sur la Fontanka en contemplant d'un petit bateau les belles façades colorées. Elle inspira profondément une nouvelle bouffée.

— Tu ne peux pas éteindre ta cigarette ?

Ming lança un regard froid au colonel du FSB et continua d'observer la ville en tirant lentement sur sa cigarette. Dans une éclaircie, la flèche de Saint-Pierre-et-Saint-Paul apparut au-dessus du magasin Stockmann ; dans son enfance, lors de leurs promenades d'été, Ming et son père jouaient à compter les bulbes dorés et les clochers de la ville. À ses côtés, l'homme avait abandonné l'espoir de lui parler. Ils traversèrent l'Obvodnyi, quittèrent le centre-ville historique. Les beaux immeubles disparaissaient pour laisser place à des bâtiments de béton décrépis de l'ère soviétique. Ils étaient déjà de l'autre côté du parapet du canal, dans la banlieue méconnue des touristes, celle des petits dealers et des gangs. Ming éteignit sa cigarette, posa la tête sur le cuir confortable de la voiture. La nuit qu'elle venait de passer dans le train entre Moscou et Saint-Pétersbourg avait été longue ; elle avait dû changer trois fois de wagon pour repérer une éventuelle équipe de tueurs. Avant de fermer les yeux, elle attacha sa ceinture de sécurité, pour éviter de s'effondrer sur son voisin bien plus que pour se protéger en cas d'accident.

Ce geste la sauva. Soudain, un violent coup de frein la projeta en avant, tandis que le premier véhicule de l'escorte était projeté en l'air par une déflagration assourdie et s'écrasait sur le capot de leur voiture. Presque aucun bruit n'avait traversé les parois insonorisées de la grosse limousine. Un regard vers son voisin. Sa tête s'était écrasée sur la vitre blindée le séparant du chauffeur. Ming devait seulement s'occuper de sa propre survie. Elle poussa un cri d'animal, frappa sur le bouton de sécurité ouvrant la voiture, tout en sortant de son étui le pistolet du mort. En un instant, elle s'était propulsée au dehors, en un long roulé-boulé sur la chaussée. Elle se mit aussitôt à courir, pliée en deux, vers l'abri le plus sombre, le porche d'un vieil immeuble voisin. À peine était-elle arrivée qu'une explosion faisait voler en éclats le deuxième van de protection. Elle sentit le souffle chaud dans son dos en même temps qu'elle entendit les vitres des immeubles imploser.

Pas un coup de feu n'avait été échangé que l'escorte était déjà anéantie. Ming se glissa dans l'immeuble, traversa sans un bruit la cour intérieure, passa de l'autre côté du mur d'un mouvement de rotation du bassin, appris dans les camps d'entraînement commando des troupes spéciales russes. Elle avait reconnu le sifflement du missile du lance-roquettes, avant que la flèche de la charge ne se fiche dans l'acier blindé et n'explose à l'intérieur de la voiture. Les assaillants avaient réduit à néant l'escorte afin de capturer vivants les occupants de la cible principale. Tout en sautant par-dessus un autre mur, elle pensa qu'elle aurait dû entendre des coups de feu tirés par le chauffeur et le garde du corps de l'Audi, s'ils avaient survécu au choc de l'accident. Agenouillée au bas du deuxième mur, reprenant sa respiration et cherchant dans quelle direction s'enfuir, elle entendit deux détonations, puis un silence impressionnant. Les assaillants venaient d'achever les survivants. Ils ne tarderaient pas à découvrir qu'il n'y avait qu'un seul cadavre à l'arrière de la limousine.

Elle se leva et courut, mais ni trop vite ni trop lentement, consciente que la course réduit le champ de vision et qu'il vaut mieux être chasseur que chassé dans une poursuite en ville. Autour d'elle, toujours aucun témoin. En jetant un coup d'œil derrière elle, elle vit les traces qu'elle laissait sur la neige boueuse. Il lui était impossible de s'enfuir incognito. Elle accéléra pour distancer ses poursuivants. Son plan de fuite commençait à prendre forme. Elle s'arrêta sous un porche pour écouter et repérer ses suiveurs. Sa seule chance était de suivre le canal pour gagner les baraquements et les voies ferrées de la gare Vitebsk, quelques centaines de mètres plus loin à l'ouest. Auparavant, elle devait attendre quelques minutes dans le froid, pour laisser passer les chasseurs ou les épuiser à suivre d'autres pistes.

Dans l'avenue, elle entendit le grondement de deux engins six roues des unités spéciales de la police. Si le commando était aguerri, il avait déjà disparu du lieu de l'attaque et n'avait lancé qu'un ou deux hommes à sa poursuite. Le timing redevenait favorable à la jeune femme. Elle ferma les yeux, le temps de reprendre son souffle et de retrouver toutes ses facultés. Deux hommes apparurent sur le trottoir. Chacun avait la main posée sur une arme cachée dans la poche de son blouson. Ils traquaient des empreintes dans la boue et les flaques qui auraient succédé aux traces qu'ils avaient vues dans la neige des cours d'immeubles. Ils disparurent vers le nord et l'avenue Pouchkine. Elle attendit encore. Le piège visait à débusquer un débutant, pas quelqu'un de sa pointure. La première équipe passée, une deuxième devait se tenir en embuscade. Les muscles bandés, prête à tuer, elle resta immobile. Une voiture passa au ralenti, les vitres ouvertes. Quatre hommes, les sens aux aguets, regardaient autour d'eux, dans les immeubles et les véhicules garés, en quête de la moindre anomalie. Ming s'enfonça dans l'encoignure, serrant son pistolet. Elle avait reconnu les tueurs : c'étaient les hommes qui protégeaient le chef de la CIA, lors de leur rendez-vous dans la forêt de Rambouillet, sous le commandement de son adjoint. L'officier du FSB qui était mort à l'arrière de l'Audi n'était donc pas la cible de l'attaque terroriste. La CIA ou le groupe se cachant derrière cette façade avait percé sa couverture. Ils la cherchaient pour la tuer...

En se dirigeant vers la gare, Ming décida des prochaines étapes de son voyage. Avant de récupérer quelques affaires dans son appartement du canal Griboïedov, elle devrait éliminer les dernières traces de stress et les tremblements dus aux décharges d'adrénaline qui secouaient encore ses mains. Ensuite, elle composerait un numéro de portable, dont la sonnerie ferait exploser la charge d'explosifs collée sous le pick-up de l'adjoint de Mark Le Neveu. Elle leur montrerait ainsi qu'elle gardait la main haute sur leur vie. Puis, elle trouverait un moyen d'entrer discrètement en contact avec son ami Mark, pour le prévenir du danger d'une équipe retournée au sein de ses services.

Avant, elle devait redevenir Kristina.

13

PARIS
DÉCEMBRE

Mark Le Neveu, qui n'avait de français que le nom, hérité d'un ancêtre arrivé aux États-Unis avec La Fayette, écoutait du jazz du Sud, un disque d'Eric Bibbs, tout en soulevant les quatre-vingts kilogrammes de ses haltères. Il pensait à Kristina.

Depuis la guerre du Vietnam, il savait qu'il fallait être en mesure de riposter avec des armes en bon état, en plus d'un mental et d'un physique supérieurs à ceux de l'ennemi. Ses tempes grises n'avaient rien changé à son entraînement. Il avait décidé de renforcer son programme, comme il le faisait dans le passé avant une mission pour la CIA. Son mode de vie n'avait pas changé depuis qu'il était entré à l'Agence jusqu'à prendre la direction de l'antenne de Paris. Il n'avait pas peur pour lui-même, il craignait seulement que sa condition physique lui nuise dans la lutte contre les terroristes et que, par manque de réflexe ou d'entraînement, il soit indirectement responsable de la mort d'un de ses coéquipiers. Il avait surtout peur de lui-même.

Avec son mètre quatre-vingt-dix-huit et ses cent kilogrammes, Mark Le Neveu avait connu la guerre bien avant d'entrer à la CIA, alors qu'il se battait encore dans les gangs de la banlieue de La Nouvelle-Orléans. La Ferme n'avait eu qu'à modeler les talents naturels du jeune homme. Il pouvait disparaître après un mauvais coup, ou parler plusieurs langues sans accent après seulement quelques mois d'observation. Cette première qualité, il la tenait d'un père dont il avait tout oublié, hormis les grosses bagues en or qui ornaient ses doigts quand il levait la main sur lui et, malgré la science de l'esquive de son fils, réussissait à le frapper. Ses relations avec son géniteur improbable s'étaient terminées quand on l'avait retrouvé, baignant dans une mare de sang, la gorge tranchée, la marque du gang adverse gravée sur son torse avec une lame de rasoir. Après le suicide par overdose de sa mère, il avait eu la chance de ne plus avoir qu'une grand-mère maternelle, « Ma » Le Neveu, la soixantaine sèche et les cheveux blancs coupés court, qui disait avoir été l'une des premières institutrices noires de l'État. En réalité, la CIA l'avait engagée dans les années soixante pour être un agent infiltré, à Cuba ou en Afrique. Elle avait terminé sa carrière au poste d'instructeur, enseignant le français, l'espagnol et le créole aux recrues de Langley et du camp des marines de Quantico.

Dès que la police eut retrouvé son « Junior », qui avait fugué après la mort de sa mère pour s'engager dans le gang qu'avait dirigé son père, Ma l'avait fait entrer dans le petit salon empli des souvenirs d'une vie de voyages et de rencontres. Puis, elle avait coincé son petit-fils dans l'angle de son petit salon, une main armée d'un gourdin et l'autre occupée à le fouiller. Devant le géant de seize ans, la vieille dame de quarante kilos n'avait pas prononcé un seul mot, mais avait fait tournoyer son arme comme le shinai d'un samouraï. L'enfant avait vite compris qu'il serait assommé s'il ne lui obéissait pas. Elle avait vidé ses poches de tout ce qui, de près ou de loin, le rattachait au monde de la rue, l'avait fait se déshabiller et prendre une douche, toujours sous la menace de son gourdin. L'objet était devenu célèbre dans les cours de Quantico pour avoir rendu intelligent, en l'espace d'une seule session, le plus stupide des « nuques de cuir » qui suivaient les cours de Ma. Elle avait ensuite jeté dans la cheminée les habits et effets de Junior. Il avait dû supporter la honte de se retrouver devant elle, sans ses chaînes et ses jeans, en short et sandalettes, le torse ceint d'une chemise à carreaux de chasseur de bayous.

Ils s'étaient ensuite assis dans la petite salle à manger, où il avait dévoré des œufs cajuns, des écrevisses aux gombos cuites au roux, du jambon au café, des acras de carottes et des patates douces. Junior n'avait jamais vu autant de plats sur une même table et ne se souvenait pas d'être jamais rester assis devant un adulte aussi longtemps, encore moins pour un repas de famille. Après le dessert, un gâteau de pain chargé de rhum, de muscade et de vanille, sa grand-mère n'avait toujours pas prononcé une seule parole ; elle semblait furieuse de devoir troquer, si près de la retraite, son indépendance pour une vie commune imposée avec un vaurien qui ressemblait tant à son père. Pourtant, Junior avait ressenti une profonde cicatrice de tristesse chaque fois que le regard de Ma se posait sur lui. Il en avait été bouleversé.

Ce soir-là, sous les pales du grand ventilateur aux vis dorées, le jazz qui s'échappait du vieux tourne-disque avait couvert les chants des grenouilles et les cris des insectes de la nuit tropicale. Junior avait maladroitement proposé de l'aider à faire la vaisselle, mais elle l'avait repoussé d'un regard sur sa chaise. Tandis qu'il cuvait le litre de bière rouge qu'il avait ingurgité pour faire passer le dîner – de la « Jax », comme Ma continuait à l'appeler, du nom de la bière produite par les Sudistes en l'honneur du général Jackson –, la vieille femme s'était mise à fredonner, et lui, à l'écouter, tout en jaugeant du coin de l'œil l'espace qui la séparait du gourdin. Junior était ainsi devenu Mark Le Neveu, sous l'effet de ce respect et de cet amour familial dont il n'avait jamais connu l'ample et profonde sécurité. Il n'était plus « Junior », « le fils de », mais un Le Neveu, fier de son histoire et de la hiérarchie des générations qui avaient formé ses gènes. Le lendemain, il s'engageait pour cinq ans dans les marines en trichant sur son âge. Ce fut la dernière fois de sa vie qu'il tricha sans en avoir reçu l'ordre.

Souvent, il pensait à sa grand-mère qui vivait toujours, en tranquille retraitée, dans sa banlieue de La Nouvelle-Orléans, devenue chic et touristique. Tout en terminant une nouvelle série de tractions, il se promit de lui téléphoner dans la journée pour avoir le plaisir de s'entendre houspiller par la voix qui, malgré les années, rappelait les vibrations d'une chanteuse de bar du quartier de la Petite-France.

Quittant le gymnase de l'ambassade, il prit une douche et se présenta quelques minutes plus tard en costume sombre et chemise blanche au *security meeting* de l'ambassadeur. Il arrivait systématiquement en retard pour montrer aux autres qu'il était bien conscient de l'inaptitude du représentant américain lorsqu'il s'agissait de questions de sécurité. Cette attitude expliquait l'animosité que lui manifestait l'ambassadeur, un Bostonien issu des rangs des riches donateurs du Parti démocrate, qui aurait rêvé de le voir renvoyé derrière les grilles et les systèmes de sécurité de Langley ou, mieux, vers un pays où son assassinat servirait utilement la cause du président. Selon lui, en France, depuis les discours dénonçant la guerre en Irak, la moindre référence à la violence antiaméricaine pouvait déclencher une vague profonde de sympathie pour les terroristes de tous bords. Jugeant que le maintien de ce « nègre marron[23] », au poste sensible de Paris pouvait avoir des conséquences diplomatiques fâcheuses, l'ambassadeur avait usé de toute son influence auprès de son « vieil ami le président », mais la CIA était restée ferme. Mark Le Neveu était l'homme de la situation et l'un des meilleurs acteurs de la lutte anti-terroriste de l'Agence. Depuis, les réunions à l'ambassade tournaient au monologue de l'ambassadeur.

Tout en l'écoutant d'une oreille distraite lire les dépêches « importantes » qu'il avait reçues de son « vieil ami », Mark pensait au dispositif de sécurité mis en place dans la forêt de Rambouillet, celui de la clairière et celui des voitures gardées par un seul agent. Il se souvenait de la configuration du parking, de la nuit sans lune et de la position de son adjoint qui essayait visiblement d'écouter sa discussion avec Ming. Il sentait qu'un élément lui échappait et il en cassa son crayon de nervosité. Le bruit lui valut un regard soupçonneux de l'ambassadeur, qui grommela une phrase inaudible dans sa direction avant de reprendre son exposé. Le diplomate avait presque terminé de lire les instructions de son « ami le président », dont tous les hommes et femmes présents autour de la table avaient déjà reçu le texte dans une note de service la semaine précédente. Mark Le Neveu fut le premier à s'éjecter de la pièce, en mâchouillant un cigare qu'il n'allumerait qu'une fois arrivé dans son bureau. Tout en montant quatre à quatre les marches menant à l'étage de la CIA, il téléphona à sa secrétaire, la chargeant de convoquer son adjoint dans son bureau dès que possible et de demander une entrevue au directeur de la DGSE. Son adjoint était en plein déjeuner d'affaires à l'hôtel Crillon, et elle promit d'appeler sans tarder le secrétariat du général Carignac.

S'il avait eu le temps de lancer une pointe d'humour lors du soliloque de l'ambassadeur, il l'aurait remercié chaleureusement de s'être tant ennuyé. Cependant, alors qu'il dessinait sur son carnet des courbes évoquant le corps parfait de Ming, il avait enfin deviné le sens de ce « demain la guerre » qu'elle lui avait susurré, pour la deuxième fois, en le quittant par une nuit où les nuages survolant la forêt lui rappelaient le délicieux souvenir de leur nuit à Hong Kong. Cette phrase n'était que la première partie du message : s'il tentait d'enquêter

---

23 Terme désignant les esclaves qui s'enfuyaient des plantations pour se réfugier et vivre libres dans les bayous et les marécages des rives du Mississippi.

lui-même sur ce projet du Sud-Ouest, on trouverait un moyen d'arrêter la CIA. Ming lui avait aussi présenté ses conclusions en lui demandant de surveiller son équipe. Puis, elle lui avait rappelé ce « demain la guerre » par un baiser sur la joue qu'elle avait fait claquer avant de disparaître entre les arbres. Arrivé à la porte de son bureau, l'allumette déjà près de son cigare, il entendit le téléphone de son bureau bourdonner : son adjoint l'invitait à le rejoindre. Il raccrocha, prit une arme et un gilet pare-balles. Constatant que son chauffeur n'était pas à son poste, il s'installa au volant, démarra et prit la direction de l'hôtel Crillon.

— Encore une nuit de merde, à se cailler pour rien, avait dit à son adjudant goguenard le gendarme en faction à l'angle de la place de la Concorde.

En prenant son tour de garde, le brigadier Éric Montillon avait tout de suite pensé à la cigarette qu'il fumerait après une heure d'allées et venues entre la rue et l'hôtel Crillon. Il se cacherait derrière le car bleu marine aux vitres protégées par des grillages anticasseurs. Cette cigarette et le verre de café, sucré à point par son épouse qui lui en avait rempli un Thermos entier, étaient ses petits bonheurs de la nuit. La pluie tombait drue, la rue pavée en devenait glissante comme une patinoire. Malgré sa parka et son treillis, le sous-officier sentait les rafales humides s'insinuer sous ses habits. Il en était certain et il en aurait presque parié sa permission d'été, il terminerait sa garde avec une bonne grippe. Il observa le ballet des voitures de maîtres qui s'arrêtaient devant l'hôtel Crillon, attendant que le groom arrive avec son large parapluie, pratiquement inutile compte tenu de la force de la pluie. Jeune marié, il s'amusait aussi des petites voitures de sport des *escorts*, qui ne pouvaient s'empêcher de lui envoyer une œillade quand elles ressortaient de l'hôtel au bras d'un costume de marque. L'uniforme du gendarme mobile faisait toujours son petit effet.

Le brigadier Montillon porta un instant son attention sur un gros 4 x 4 aux plaques minéralogiques parisiennes qui s'arrêtait doucement et se garait le long du terre-plein. Il s'approcha du conducteur, le salua. L'homme, lunettes de soleil malgré la nuit, stature de géant noir, tempes grises à la Uncle Ben's, lui sourit et sortit une carte plastifiée, marquée de l'aigle américain et d'un *Secret Service* qui fit grimacer le gendarme. L'homme était une caricature de garde du corps nourri aux anabolisants. Il cracha son chewing-gum dans un morceau de journal et répondit au salut du militaire français.

— *Hi, sir!* Comment allez-vous ? Je suis de l'ambassade, j'en ai pour quelques minutes, je dérange si je reste là ?

Le gendarme le salua d'un doigt sur la visière de son képi en grommelant un « *good, good, no problem* », qu'il pensait propre à satisfaire les questions du « *sekrète agente* ». Mark Le Neveu partit d'un grand rire à cette imitation du parfait Noir de Harlem tentant de parler français. Son cellulaire vibra. Son adjoint lui demandait s'il arrivait. Le gendarme se dirigea vers sa position, à l'angle de la rue Royale et de la place de la Concorde, pensant qu'il lui restait deux trajets identiques à effectuer avant de pouvoir se réchauffer. Mais, il changea d'idée au milieu du passage protégé, manquant de glisser sur les rayures blanches détrempées par la pluie. Il continua vers le car sans attendre : il lui fallait un verre de café chaud dès maintenant sinon il serait gelé avant la fin de la nuit.

Une déflagration retentit, et la claque qu'il reçut dans le dos le plaqua au sol, le poussant sur plusieurs mètres, la face sur la chaussée. L'angle de l'immeuble l'avait sauvé d'une mort instantanée. Il s'assit au milieu de la rue, les jambes en coton, sonné par l'explosion. Du côté de l'hôtel Crillon, une fumée noire apparut. Il se leva et boitilla jusqu'à l'angle de la rue. À l'endroit où s'étaient trouvé le 4 x 4 noir et son sympathique conducteur, on ne distinguait plus qu'un cratère de plusieurs mètres de circonférence. Les pavés avaient été propulsés dans toutes les directions, cassant et tordant les capots et les vitres des véhicules garés là. Le gendarme se rappela un autre cratère, à Beyrouth, dans lequel, avec les premiers secours, il avait cherché les rescapés du Drakkar[24]. Il regarda, hébété, ses collègues et la sécurité de l'établissement qui accouraient pour aider les clients blessés par les éclats de verre et les projectiles. Le brigadier Montillon n'entendait plus rien. Un silence douloureux l'isolait du film d'épouvante qui se déroulait sous ses yeux. Il toucha son oreille et la retira poisseuse de son propre sang. Après un hoquet, il vomit sur ce qui lui sembla être le morceau d'un pied sanguinolent, puis il s'évanouit.

À quelques kilomètres de là, dans son bureau du boulevard Mortier, le général Carignac entendit l'explosion. Suivi par son chien, ils gagnèrent le bureau de la secrétaire. Elle sursauta, la main encore posée

---

24 À Beyrouth, en 1983, cinquante-huit casques bleus français trouvent la mort dans un attentat qui détruit l'immeuble où se trouve leur quartier général, le « poste Drakkar ».

sur la poignée, quand elle les trouva plantés devant elle. Carignac fit demi-tour pour allumer le téléviseur grand format qui occupait un angle de la pièce.

— Béatrice, allez voir ce qui se passe. Si c'est un attentat, envoyez une équipe « à toutes fins utiles ». J'appelle la DCRI.

La chaîne LCI diffusait les images de l'attentat survenu devant l'hôtel Crillon, Place de la Concorde. « On », c'est-à-dire les autorités, ne déplorait aucun mort, mais les dégâts étaient considérables. Le téléphone rouge sonna, Carignac répondit par un « madame le ministre » respectueux. Puis, il caressa la tête du Chien et lui commanda de « garder le terrain ». Ensuite, il appela ses adjoints renseignement et action pour leur demander de le rejoindre. Ils étaient tous trois conviés à une réunion d'urgence à l'Élysée. Le convoi, constitué de plusieurs voitures aux gardes armés jusqu'aux dents, dans une configuration que la sécurité de la « Piscine[25] » n'appliquait qu'aux alertes concernant une menace sur la sécurité du directeur général, partit vers le palais. L'annonce du journaliste de LCI trottait dans la tête de Carignac : vraisemblablement déçu, il indiquait qu'il n'y avait aucune victime.

— Zéro victime, mon œil ! dit-il à ses adjoints en ronchonnant.

Le patron de la DGSE sentait que les services de l'État avaient déjà lancé une campagne de désinformation. Il prit son téléphone crypté et parla quelques minutes à un correspondant de la Maison. D'ici peu, il connaîtrait le pedigree complet des hommes et des femmes pulvérisés ou blessés par la bombe. Il soupira en se rendant compte qu'il commençait à parler et à penser « chien ». Bientôt, il répondrait en aboyant, et Le Chien remonterait ses lunettes d'une patte précise.

Non loin du convoi de la DGSE, le gendarme se réveilla dans la cabine d'une ambulance. Un pompier terminait de lui poser un goutte-à-goutte, tandis qu'un homme portant costume bon marché et cheveux courts le regardait. Il se rapprocha pour lui parler. Il lui criait presque à l'oreille, mais le gendarme n'entendait qu'un lointain murmure.

— Bonsoir, chef, je suis le commissaire Florent, de la DCRI. Je voudrais vous féliciter d'être en vie. Vous avez eu beaucoup de chance. On

---

25 Surnom donné au siège de la DGSE, en raison de sa proximité avec la piscine des Tourelles.

vous emmène au Val-de-Grâce[26], où vous allez être soigné et mis un temps au secret. Votre capitaine m'envoie vous faire la conversation.

Le gendarme avait l'impression qu'une langue en acier brûlait dans sa bouche. Chaque mot résonnait, provoquant une intense douleur dans ses tympans. Il remarqua que le pompier ne prenait pas garde à ses oreilles qui recommençaient à saigner. Il réussit cependant à grimacer et balbutia un remerciement.

— Non, non, ne parlez pas, brigadier Montillon. J'ai seulement une chose à vous dire. Écoutez-moi bien. Dans les minutes qui viennent, ce que vous avez vu ce soir va être classé secret défense. Vous me comprenez ? Vous allez être assailli par les journalistes quand ils sauront, tôt ou tard, que vous êtes le seul témoin de l'attentat. Vos chefs aussi voudront tout savoir quand ils vous accrocheront la « rouge[27] » à la boutonnière. Cependant, en raison de ce « secret défense », vous ne pourrez rien – vous m'entendez – *rien* dire ni décrire. La seule version autorisée est que l'attentat n'a fait aucun mort, mais a fait quelques blessés et causé d'importants dégâts. Si j'entends ne serait-ce qu'une rumeur que vous avez parlé de quoi que ce soit, nous vous inculperons illico. Je vous conseille de vous reposer longtemps, de prendre des vacances, de profiter du cadeau de la vie avec votre épouse et vos deux enfants. D'accord ? Ils sont bien mignons, vos deux petits blondinets et en bonne santé ? Pour le moment... Faites oui de la tête, si vous avez tout compris. Sinon je réexplique.

Le gendarme approuva d'un signe de la tête. Il sentait des gouttes de sueur froide se mélanger au sang et glisser sur son front, sans savoir si elles venaient de la douleur ou de la peur qu'il éprouvait à l'idée qu'on puisse toucher à sa famille.

Au moment où la voiture de Carignac quittait subitement la protection de son convoi pour s'engouffrer dans le porche du palais de l'Élysée, le commissaire de police fit un signe au pompier qui ouvrit le robinet du goutte-à-goutte. Le gendarme s'endormit presque instantanément. Au même moment, Carignac montait les marches en compagnie de ses adjoints, accueillis par le secrétaire général de la présidence, vite rejoint par le directeur de la DCRI et les principaux chefs des services de renseignement français. À peine installé sur le bout d'une chaise de la longue table, Carignac eut la surprise de croiser le

---

26 Hôpital militaire situé dans le 5e arrondissement de Paris.

27 La Légion d'honneur.

regard du premier ministre ; il n'avait toujours pas répondu à la note que le général lui avait envoyée à propos du projet du Sud-Ouest. Le premier ministre détourna les yeux. Entouré de ses ministres de l'Intérieur et de la Défense, il déclara solennellement ouvert le conseil de crise contre l'acte terroriste de la place de la Concorde. Carignac inscrivit sur son carnet la date et l'heure du début de la réunion. Tout de suite en dessous, il nota :

S'interroger sur la rapidité de la mise en place d'une réunion de crise ? S'intéresser à la résonance médiatique. Oui. Le ministre de l'Intérieur est surpris. Le premier semble préparé à la crise. L'Élysée verrouillé par le premier... La DCRI fait le gros dos, mais aucun coup ne semble venir du premier, étrange ! Que cache cet attentat que tout le monde veut prendre à tout prix et sans enquête pour une attaque islamiste !

La mine de son crayon se cassa sur le point d'exclamation. Il regarda autour de lui pour sentir si quelqu'un d'autre utilisait le même outil. Dépité, il reposa son crayon en imaginant la tête des participants s'il sortait de sa poche son couteau à cran d'arrêt et en ouvrait la lame pour tailler sa mine émoussée.

14

La soirée était d'une magnificence digne de fiançailles célébrées par une famille de nouveaux riches à Saint-Pétersbourg. Tout reflétait le luxe tapageur financé par un milliardaire en dollars. Le père du fiancé, ancien officier soviétique, voulait faire oublier à tous qu'il n'avait un jour touché que sa solde misérable. L'immeuble datait de l'époque où Pouchkine commençait à peine son apprentissage à l'école des cadets du tzar. Il comportait une centaine de pièces, réparties sur cinq étages, dont des salles de bal pouvant servir de halls d'entrée à des multinationales. Des plafonds de cinq mètres de haut supportaient des lustres de cristal éclairant les peintures de maîtres qui couvraient les murs. Habitué de telles festivités, le propriétaire des lieux, un ancien colonel du GRU recyclé en magnat du pétrole, avait obligé son régisseur à protéger de plexiglas les œuvres les plus proches des festins. Deux tables, dressées l'une à côté de l'autre, accueillaient une centaine de couverts. La moitié de la salle buvait, l'autre s'était échappée en couples dans le bâtiment. Les blagues et les toasts avaient cédé la place aux chants guerriers et nostalgiques.

Dans un coin de la grande salle du banquet, le jeune banquier Agris Laurenis n'arrivait pas à détourner le regard de la piste de danse. Il n'en revenait toujours pas. Son fantasme d'adolescent, sa Ming de séries télévisées, dansait seule, souple, les yeux fermés, les bras entourant sa poitrine somptueuse. Loin d'elle, la remarquant à peine, son fiancé, Roman Sergueievitch, le fils du propriétaire des lieux, chantait à la table des parents une complainte russe qui faisait pleurer les anciens et incitait Agris à boire toujours plus. Il était sous le choc de cette rencontre. Le matin, quand son meilleur ami lui avait présenté sa fiancée, il avait vu en elle la réincarnation de l'héroïne de son enfance. Il ignorait comment un tel miracle avait pu se réaliser. Comment envisager une supercherie ? Il n'avait parlé à personne de son secret, tout juste en avait-il glissé quelques mots à la gentille psychologue qui lui avait fait passer les tests à l'entrée de l'école de droit de Moscou – à l'époque, le KGB s'intéressait de très près aux antécédents de ses futurs employés.

Personne n'aurait pu découvrir son secret, cette image qu'il gardait de la femme idéale jusque dans les moindres détails, de la coiffure à la robe noire moulant les contours parfaits de son corps. Au-dessus de sa chevelure noire coiffée à la mode des années cinquante, le mouvement lent de la boule de prismes faisait se refléter en paillettes dorées les milliers d'images de Ming. Agris vida une nouvelle *rioumka*[28] de vodka. S'il continuait, il tomberait, il le savait. Au blues succéda un rock endiablé et les convives les plus jeunes se lancèrent sur la piste. Ming retourna vers sa table, hésita, puis se dirigea vers Agris. La chaise à ses côtés était vide, elle la rapprocha de lui et s'assit.

— Tu es le meilleur ami de Roman Sergueievitch ? Le célèbre et brillant avocat letton, maintenant tout-puissant conseiller du papa fortuné qu'est mon futur beau-père ?

Il restait sans voix. Elle imitait à la perfection l'intonation de l'actrice américaine. Une voix profonde, sensuelle. Elle posa une main aux doigts interminables sur son bras. Il tremblait.

— Tu es encore plus saoul que les autres, ou c'est moi qui te mets dans cet état ?

Sa voix était grave, légèrement accentuée. Il suivit son regard vers les hommes qui s'embrassaient en pleurant avant de recommencer à chanter. La moitié des convives étaient d'anciens camarades du père de Roman. Pendant leur séjour dans les troupes spéciales soviétiques, en Afghanistan ou en Tchétchénie, ils avaient fait plus de victimes que le maffieux le plus sadique de Saint-Pétersbourg. Agris sonda les yeux bleus de Ming.

— Je... non. Presque. Je t'ai toujours aimée.

---

28 Petit verre à vodka.

— Je sais. Et ce, depuis la première fois que tu m'as vue. Je l'ai vu sur ton visage ce matin. Tu étais proche de la crise cardiaque. On aurait cru que tu voyais un revenant.

Elle s'était tournée vers lui et lui souriait. Agris dégagea son bras de sa main fraîche aux ongles manucurés. Il hésitait entre la fuite et l'effusion, qui aurait fait éclater les fiançailles de son meilleur ami Roman et l'aurait condamné à finir égorgé dans le canal Bankovski, le sexe dans la bouche. En se retirant, il sentit contre sa peau la douceur des doigts, puis la griffure volontaire des ongles rouges ; ils laissèrent des lignes parallèles et fines sur le dos de sa main à la peau aussi blanche que celle d'un nouveau-né. Roman Sergueievitch cria dans leur direction une grossièreté au sujet des prérogatives du témoin du futur marié. Il était question de vérifier la couche des épousés. La table entière applaudit et une tournée générale de vodka fut servie. Agris n'avait même pas bougé la tête. Ming leva son verre vers le groupe aviné. Un des oncles de Roman sortit un accordéon de sous la table et monta, chancelant, sur la nappe, faisant éclater le cristal et voler en éclats les plats de porcelaine. Il se baissa, écarta le soufflet et une plainte sortit. D'une voix de basse, il entonna le chant des *spetsnaz*, dont les échos tristes évoquaient la nostalgie des pays lointains où pleuraient les camarades morts au combat. La moitié des hommes étaient debout, se tenant les épaules, à reprendre les couplets avec l'interprète. Agris se retourna vers Ming, les yeux pleins de larmes.

— Pourquoi lui ?

— Pourquoi pas ? Il est riche, beau, gentil, et il n'y a pas d'amour sans tentative d'union commerciale, non ?

Elle avait relevé la tête en signe de défi et saisi une bouteille d'alcool. Deux rigoles de vodka coulèrent le long de son cou vers sa poitrine, au rythme des mouvements de sa glotte. Agris se surprit à imaginer sa langue allant en récupérer jusqu'à la dernière goutte dans les courbes, jusqu'aux tétons roses qu'il entrevoyait. Il voyait déjà les muscles du cou se tendre et les seins se durcir. Il se sentit gêné de la réaction de son bas-ventre. Elle posa la bouteille et s'essuya la bouche avec l'avant-bras.

— Tu es encore puceau, Agris ?

Un éclat de rire dévoila ses dents parfaites. Elle posa la main sur l'entrejambe de l'avocat, le défiant des yeux de reculer, voire de bouger. Elle semblait folle et saoule.

— Tu bandes, Agris. Tu bandes pour moi.

L'évidence la calma. Elle retira sa main et se retourna vers la table des officiers. Le musicien terminait le chant en faisant onduler lentement, de droite à gauche, l'accordéon. Les autres s'étaient assis et murmuraient, les lèvres fermées, le dernier refrain. Un cri venant de l'autre bout de la table réveilla l'assemblée. Un convive avait sauté sur la table, dégageant du bout de sa botte les bouteilles et les assiettes qui le gênaient. Il portait un petit bandonéon décoré des médailles rapportées des guerres soviétiques. Il cria encore, défiant l'autre musicien, et tapa du pied en commençant une polka rapide. L'autre répondit en accélérant. Autour, tous les convives commencèrent à frapper du plat de la main sur la table. Ming les regardait.

— Si tu me veux, Agris Laurenis, le Letton, il faudra que tu me prouves ton amour. Si tu me veux, Agris Laurenis, le conseiller tout-puissant, il faudra que tu joues avec moi, que tu sois ma chose. Je veux tout ou tu n'auras rien.

Agris n'était rien sans elle. Il le savait depuis que ses yeux d'enfant étaient tombés sur la représentation parfaite de la femme de sa vie. Il observa les seins qui débordaient de la robe aux boutons ouverts jusqu'aux dentelles noires. Il n'osait pas bouger d'un millimètre, de peur qu'elle ne revienne sur sa promesse.

— Ce soir, quand tu rêveras de moi, dis-toi bien, monsieur l'avocat, que si tu trébuches une seule fois dans le jeu que je vais t'offrir pour me gagner, tu seras éjecté de la partie et ton meilleur ami en sera instantanément averti.

Les deux musiciens s'étaient retournés vers Ming et lui criaient une chanson paillarde. Elle se leva, tendant la bouteille de vodka, et tous purent admirer, sur sa jambe posée vulgairement sur le genou de l'avocat, une jarretelle de dentelle maintenant une cuisse parfaite. Seul Agris, assis sur sa chaise, remarqua qu'au-delà de l'élastique, aucune dentelle ne cachait le reste du corps. Elle vida le fond de la bouteille et la lança sur la cheminée. Une pluie de *rioumkas* explosa sur le marbre, la soirée ne faisait que débuter. Agris quitta silencieusement les lieux ; il voulait se retrouver seul et se soumettre à la première volonté de la femme de sa vie.

En sortant de la réunion interservices, le général regardait d'un air matois son homologue de la DCRI par-dessus ses lunettes scintillantes. Ses yeux gris autant que sa masse corporelle avaient acculé l'autre dans un coin de couloir, juste après la sortie de la salle de crise. Il l'avait questionné bille en tête sans vraiment prendre le temps de le saluer. Carignac voulait sentir la réaction du préfet nouvellement arrivé à la tête de son service et pas encore habitué aux manipulations entre « amis ».

— Dites-moi, mon ami, sans entrer dans vos secrets de famille, l'explosion de vos supposés terroristes iraniens a-t-elle fait des victimes ? Avez-vous l'intention de cacher à la DGSE des éléments importants touchant à la sécurité extérieure ?

Carignac pensa « bingo » quand l'homme voulut s'échapper de son coin de lambris, fermé par la carrure imposante de l'ancien demi de mêlée de rugby.

— Mais non, Carignac ! Vous l'avez entendu comme moi ! Que du matériel, des vitres, des véhicules privés, des blessés. Notre équipe scientifique enquête toujours sur place.

— Vous n'avez rien, non plus, sur la voiture qui a transporté la charge au Crillon ? On parle d'un 4 x 4 noir...

— Non, non, non, Carignac. Là, vous allez trop loin, je ne peux rien ajouter... Le juge... vous comprenez, quoi ! On ne peut rien dire encore.

Vous serez le premier informé si nous avons du concret qui intéresse votre boutique. Maintenant, laissez-moi passer, je suis pressé... Vous comprenez... les temps sont compliqués pour moi !

Carignac allait lâcher une grossièreté devant la pusillanimité de son interlocuteur, mais l'air inquiet du fonctionnaire, qui regardait vers le couloir où allait déboucher le ministre, l'en dissuada. Alors qu'il le laissait s'enfuir, il sentit un tremblement dans sa poche. Il venait de recevoir un message crypté qui démentait les réponses du directeur de la DCRI. Au même instant, le ministre passa, suivi de sa cour, devant Carignac sans même lui lancer un coup d'œil. Dans le message, la secrétaire du général lui signalait que l'équipe maison, lâchée sur place, avait entendu au moins deux touristes de l'hôtel qui avaient vu des morceaux sanguinolents sur les pavés parisiens. Une équipe de blouses blanches avait rapidement tout nettoyé avant l'arrivée de la police scientifique. Les hommes de Carignac s'étaient ensuite dégagés du dispositif policier quand la pression s'était fait sentir autour d'eux. Carignac avait exigé qu'en aucun cas on n'apprenne que la DGSE enquêtait de son côté.

Le chef de la DCRI s'était enfui. Carignac était maintenant poussé par un camérier présidentiel en livrée noir et or vers le perron du ministère. L'affaire prenait une tournure qu'il n'aimait pas. Il avait entendu le premier ministre pendant la réunion de crise. Selon le rapport et les preuves apportées par le ministère de l'Intérieur, l'Iran exportait sa guerre contre le Satan occidental en pleine capitale française. Le gouvernement allait riposter sans offrir d'alternative politique et lancer une guerre totale, médiatique et policière. Pourtant, en raison de la proximité de l'ambassade américaine et des premiers témoignages recueillis par son équipe, Carignac supputait que les victimes pouvaient n'être « que » des Américains. L'objectif visé était alors, « simplement », d'externaliser la guerre sainte. Dans cette hypothèse suffisamment plausible pour qu'il s'étonnât que le premier ministre n'en ait pas été averti par ses conseillers, on n'avait pas permis au directeur général de la DGSE d'enquêter. Si l'ordre lui en avait été donné, les contre-mesures auraient pu être tout autres, de l'affirmation de l'indépendance nationale à l'activation des réseaux puissants des services français, en passant par des négociations avec les groupes religieux locaux. Pour Carignac, qui s'asseyait en fulminant dans sa voiture de fonction, la seule manière de répondre correctement à la menace était de rechercher les vrais responsables de l'attentat. Sa deuxième interrogation concernait le silence de l'ambassade de la rue Florentin et la disparition du représentant local de la CIA, Mark Le Neveu, malgré la demande de rendez-vous qu'il lui avait faite. Carignac se frappa d'un coup de poing dans la main.

— Ça pue, mais ça pue, cette histoire !

Dans leur déclaration, les Américains avaient seulement souligné que les services des pays démocratiques devaient coopérer contre les tentatives de déstabilisation de l'Occident. Cela ressemblait trop à la bouillie habituelle servie par le clan républicain pour justifier Guantánamo. Cette déclaration était suspecte parce qu'elle ne reflétait pas l'inquiétude légitime d'un pays dont les légations étaient menacées par un réseau terroriste. Dans la voiture, à ses côtés, le chef du service action bougonnait en essayant de remonter son portable, tombé sur le parvis du palais, avant de s'installer dans la Peugeot de service. Dans ses murmures agacés, Carignac crut déceler un « putain de politicards ».

*****

Jean Lefort avait vu Agris sortir de l'immeuble d'un pas d'ivrogne et les traits torturés. Il le suivait depuis cinq jours sans avoir trouvé un moyen de l'aborder naturellement. Comme le jeune homme semblait s'enfuir de la fête, l'occasion se présentait enfin. Attendant vraisemblablement une proie riche et facile, un groupe de quatre voyous se mit à suivre l'avocat. Ils ne devaient pas avoir plus de quatorze ans, comme la majorité des membres des gangs de Moscou ou de la banlieue de Saint-Pétersbourg. Au tournant du siècle, des squats étaient apparus dans les immeubles laissés vacants par une administration qui ne pouvait plus payer ses fonctionnaires. Les bandes des « petits » étaient sorties de nulle part, sans véritables leaders, et vivaient de descentes, ultrarapides et violentes, dans les quartiers riches. Après leur razzia, elles s'éparpillaient et revenaient partager leur butin dans leur royaume intouchable.

Lefort quitta la voiture d'où il observait la scène et fila le groupe de prédateurs. En vue du canal Griboïedov, Agris puis le groupe disparurent au coin d'un grand immeuble de pierre blanche. Lefort accéléra le pas tout en vissant le silencieux sur le canon de son petit pistolet HK, un huit-coups continuellement accroché à son tibia. Avant l'angle, il surprit une ombre. L'un des enfants faisait le guet. Celui-ci n'eut pas le temps de crier que huit cents grammes d'acier l'avaient assommé. Le Français le tira en arrière pour le cacher dans la première porte d'immeuble qu'il trouva. Il revint ensuite rapidement vers le canal. Bloqué contre le parapet, Agris faisait face à ses trois agresseurs, tentant de négocier, la main fermement agrippée à un cran d'arrêt. Il ne tiendrait pas longtemps : les voyous avaient deux hachettes et un long couteau de cuisine. Une balle jaillie du silencieux du pistolet fit un « plop » assourdi. Le long couteau qui paraissait mener l'attaque vola en l'air, accompagnant le cri de douleur du voyou. La main qui le tenait retomba, molle, le long du corps. Un deuxième sifflement pulvérisa le manche d'une hachette. Les trois voyous s'étaient retournés vers Lefort, ils regardèrent l'arme fumante et l'air assuré du Français. Soudain, partant dans toutes les directions, ils prirent leurs jambes à leur cou. Lefort s'approcha d'Agris en montrant ses mains. Il craignait que le jeune avocat ne le prenne pour un bandit de grand chemin. Il y avait trop de meurtres non élucidés dans les nuits de Saint-Pétersbourg pour faire confiance à un sauveur miraculeux. Lefort prit son plus mauvais accent russe.

— N'ayez crainte, je suis armé parce que je suis étranger... Français... Sur les bords du canal, je me suis déjà fait racketter plusieurs fois. Tout va bien ?

L'avocat baissa le bras en soufflant. Il tremblait encore de la décharge d'adrénaline provoquée par le stress de l'échauffourée. Derrière Lefort, des pas de bottillons ferrés indiquaient que le quatrième voyou s'était réveillé et avait déguerpi. Lefort avait encore quelques instants pour profiter du relâchement psychologique d'Agris.

— Mon appartement est au coin de la passerelle Bankovski, un verre de cognac français nous fera du bien, venez.

Il le prit par le bras et lui désigna l'immeuble, à une centaine de mètres du lieu de l'agression.

À Paris, confortablement installé derrière son bureau, une tasse de thé marquant d'un nouveau cercle le plateau en marqueterie, le général Carignac reçut un message crypté. Jean Lefort avait pris contact avec sa cible.

George Edward Hampton était appuyé sur la portière ouverte de son Aston Martin DB5. Les mains gantées « beurre frais », il observait aux jumelles le nouveau directeur financier du projet Grand Sud de Genetik Corp. L'homme était à une centaine de mètres, sur le chemin de cette même terre ocre qui avait taché les chaussures de l'Anglais et recouvrait d'une couche grasse le bas de la carrosserie de son véhicule. Ce jour-là, s'il avait eu à choisir, il aurait sans nul doute repris son vrai nom, Lev Moïssevitch Zagton, dont il commençait à oublier l'histoire. Aujourd'hui, il n'était plus un avocat anglais, mais le bras séculier de Genetik Corp., surveillant un tueur lancé à la rencontre du maire d'un village de quatre cents âmes. Jack, promu CFO[29], parlait avec le maire d'une des communes touchées par le projet du grand centre biotech. Dans les focales, George scruta l'expression de l'élu qui fixait les photos que lui tendait le tueur, une par une. Le paysan était blême. S'il n'acceptait pas rapidement qu'un kilomètre de buses d'évacuations sanitaires traverse son village, sous deux bons mètres de sable, les bulldozers seraient bloqués dans moins d'une semaine. Les commanditaires de Genetik Corp. ne supporteraient pas un nouveau délai du chantier.

Le maire rendit les photos à son interlocuteur qui lui posa une main sur l'épaule, la serrant. Tête à tête, les yeux dans les yeux, on aurait pu croire à un échange de paroles amicales. Le maire finit par

---

29 Chief of the Financial Office, c'est-à-dire directeur financier.

comprendre, acquiesça de la tête. Il répondit à une autre question et opina à nouveau du chef. Jack en profita pour lui remettre une deuxième enveloppe, plus épaisse, que l'autre prit du bout des doigts. George reconnaissait la réaction d'un homme qui scelle sa trahison en recevant un pot-de-vin. Le maire semblait enfin détendu. Il serra la main de Jack et partit à grands pas vers le village en contrebas. Jack se retourna vers Hampton et sourit. Il avait gagné. L'avocat anglais regarda sa montre de gousset, un article sans grande valeur où étaient gravées les initiales GE, à la façon General Electric, qui avait selon la légende appartenu à ce grand-père anglais dont George portait fièrement le patronyme.

Les deux Russes avaient un autre rendez-vous, plus délicat. S'asseyant dans l'Aston Martin, George enleva une trace de poussière sur le tableau de bord et composa le numéro de téléphone de son chef de chantier. Au même moment, Jack lui remettait une carte de visite avec un numéro inscrit au crayon noir. À une voix bourrue qui lui répondit avec un fort accent russe, George expliqua que « le problème était résolu ». Il lui donna le numéro de la carte de visite, lui rappela de ne pas oublier « le cadeau » et raccrocha. Dans l'heure qui suivrait, une enveloppe de vingt mille euros aurait changé de propriétaire, et les photographies numérisées d'une pauvre histoire d'adultère entre fermiers voisins seraient sauvegardées dans un disque informatique crypté. George sortit une petite flasque de la poche revolver de son costume paille, celui réservé aux sorties estivales à la campagne, but une gorgée et attendit que Jack ait pris place à ses côtés pour démarrer. Le son régulier des six-cylindres précéda le bruissement des pneus sur le gravier et la voiture se dirigea vers l'autoroute.

Non loin de là, l'agent du MI6 n'avait manqué aucune étape de l'échange du matin, depuis l'arrivée de l'Aston Martin jusqu'à la rencontre du Français et du tueur, surveillé de loin par Hampton et ses ridicules jumelles de théâtre plaquées d'ivoire et d'argent. Les reflets de la tôle laquée, jouant entre les ombres des arbres et les rayons du soleil, obligèrent le sniper à retirer son œil du viseur. L'objet avait la forme d'un fusil de tir à longue portée, en possédait la crosse et le mécanisme de détente, mais un objectif photographique remplaçait le canon. Grâce au grossissement puissant de l'appareil, il avait réussi à prendre en gros plan quelques-unes des photos qui passaient de la main de Jack à celle du maire. Les laboratoires techniques du service secret anglais recomposeraient les pixels manquants pour que les clichés soient d'une netteté parfaite.

Depuis que l'avocat Hampton avait rencontré un personnage dont le visage rappelait un vieux souvenir à un visagiste posté à la douane de Londres-Heathrow, une dizaine d'agents anglais se relayaient. La tâche de ce visagiste consistait à retenir les formes générales ou les détails marquants des personnes que l'Angleterre ne désirait pas voir revenir sur son sol. En poste à la douane d'Heathrow, il passait ses journées à regarder la foule et se flattait de pouvoir reconnaître au premier coup d'œil plus de dix mille personnes inscrites dans les fiches de New Scotland Yard. L'agent avait appuyé sur son signal électronique et pris une série de photographies de Jack Andriès do Marsa alors qu'il traversait le hall du musée pour rejoindre Hampton.

Ensuite, la procédure avait été simple. Soupçonné de terrorisme ou d'espionnage, l'homme n'avait pas été arrêté, mais suivi discrètement par une autre équipe. À peine avait-on filmé l'étrange couple formé par l'avocat et le tueur que les premiers résultats sortaient de l'imprimante du service de recherche. Les photographies de Jack correspondaient à ce qu'on voyait sur une vidéo de surveillance du port de Londres quelques années auparavant. Des charges explosives avaient fait se volatiliser une partie d'un navire de commerce brésilien, ainsi que la moitié du quai d'embarquement. L'enquête avait établi que le navire occupait la place d'un bateau israélien qui avait quitté le Royaume-Uni dans la nuit précédant l'attaque terroriste. On soupçonnait la société affréteuse de livrer des armes à des factions tchétchènes. On disposait d'une seule image des terroristes, captée par la caméra de surveillance d'un entrepôt qui avait filmé, quelques kilomètres plus loin, l'appontage d'un Zodiac et la descente d'une poignée d'hommes masqués. Un seul avait tourné la face vers l'objectif, puis il avait tiré le bateau sur une remorque et disparu quelques heures avant l'explosion. On l'avait reconnu comme travaillant en France, et, un instant, les Anglais avaient craint d'être sur la trace d'une nouvelle bavure de la DGSE. La technique employée, l'erreur de l'équipe chargée de la préparation, la marque du Zodiac et celle de la charge offraient des similitudes troublantes avec celles utilisées lors de l'attaque menée contre le *Rainbow Warrior*[30].

De Londres à Paris, en passant par le sud-ouest de la France, Jack avait été suivi et photographié en compagnie de l'avocat Hampton, connu

---

30 Navire de Greenpeace détruit en 1985, en Nouvelle-Zélande, par les services français. Lire à ce sujet *Mission oxygène*, Patrick du Morne Vert, Filipacchi, 1987.

pour ses excentricités, les protections politiques dont il bénéficiait jusqu'à Westminster ainsi que le brio de ses plaidoiries.

L'agent anglais du MI6 posa son appareil photographique pour parler dans un émetteur-récepteur de la taille d'un petit téléphone cellulaire. Au moment où une réponse sèche grésillait dans le récepteur, une moto démarrait plus loin, à la suite de la vieille automobile anglaise.

Le général Carignac savait que la DCRI lui cachait les éléments les plus importants de l'enquête sur les événements du Crillon. Depuis que la police et la gendarmerie avaient été placées sous la responsabilité du ministre de l'Intérieur, le cloisonnement habituel entre les deux services avait pris une tournure spéciale. Le rapport préliminaire évoquait l'effectif de gendarmerie qui patrouillait aux alentours, mais aucun sous-officier de la mobile n'avait été témoin direct des faits. Tous, une section complète, étaient en revanche accourus après la déflagration. Carignac avait demandé qu'on enquête sur le groupe de gendarmes présents.

Le Chien grogna en retroussant les babines, signe que quelqu'un allait frapper à la porte du bureau. Carignac s'amusa à crier « Entrez ! » avant que le poing ne touche le bois de la porte. L'adjoint action entra en souriant, Carignac lui avait déjà fait le coup de la prémonition. Il caressa la tête du Chien, qui était venu le saluer d'un coup de mufle mal placé, et s'assit face au général Carignac.

— J'ai la solution, monsieur le directeur général, on va pouvoir les bai... enfin, j'ai trouvé le moyen d'avoir le renseignement qui nous manquait sur l'attentat.

Il tendit un mince dossier à son chef et se releva pour se servir une tasse de thé. Carignac ouvrit la chemise et y découvrit les feuilles de mission de la section de gendarmerie chargée, place de la Concorde, de protéger les locaux américains. Sur une des feuilles, le nom d'un maréchal des logis était entouré, tandis que sur une autre, celle du rapport d'enquête, il était suivi d'un point d'interrogation, ce qui signifiait qu'il était présent avant l'explosion, mais absent après. On pouvait aisément en déduire qu'un des gendarmes avait été mis au secret. La suite, résumée sur une troisième feuille, concluait à l'existence d'un témoin direct de l'attentat, peut-être blessé. Les équipes de veille avaient fait des recherches auprès des hôpitaux des armées et découvert qu'un blessé était discrètement entré au Val-de-Grâce seulement une heure après l'explosion. Ce ne pouvait être que lui. L'adjoint de Carignac le regardait, les yeux brillants, tout en soufflant sur sa boisson. Il parla d'une voix mielleuse, peu habituée à la négociation commerciale.

— On a donc deux solutions. Un, on va l'interroger officiellement, c'est-à-dire qu'on passe par les sas de sécurité, on se heurte à l'équipe de protection et on se risque à subir l'humiliation qu'on nous refuse d'entrer dans sa chambre.

— Deux, on attend la nuit et on envoie l'une de vos équipes-chocs nous le ramener entier à Cercottes[31]. C'est ça ?

Carignac avait répondu à son subordonné sur le même ton. Les deux hommes se faisaient face, l'un amusé et l'autre songeur. Le chef de la DGSE rompit le silence d'une claque sonore sur son bureau.

— Mort aux C. Avec le C de la Connerie humaine. Le gendarme est un militaire, pas un flic. Alors, il nous appartient. On nous l'a pris, on le reprend. Lancez vos loups, mais protégez la famille dans le même temps. Je ne veux pas qu'on nous manœuvre à nouveau.

L'homme à la carrure d'un commando se releva. Il avait déjà préparé son plan d'action. L'équipe était déjà dans une ambulance, dans la banlieue parisienne. Elle attendait l'ordre de départ.

✱ ✱ ✱ ✱ ✱

La BMW R 1200 GS, un monstre tout-terrain immatriculé en Hollande, roulait bon train derrière l'Aston Martin de George Edward Hampton. Depuis qu'ils en avaient reçu l'ordre, les agents du MI6 se relayaient aux commandes. Pour ceux qui croisaient la moto sur la route, elle

---

31 Le camp de Cercottes, dans le Loiret, abrite des installations de la DGSE.

offrait l'image même du couple en vacances, admirant la vieille voiture anglaise devant eux et profitant de leur temps libre pour rouler et jouir de la campagne bordelaise. Quelques kilomètres avant Bordeaux, l'Aston bifurqua vers un petit chemin de gravier blanc ombragé par des tilleuls centenaires. Le motard qui la suivait avait lui aussi ralenti. Il fit un appel de phares vers Hampton et son compagnon pour féliciter l'heureux propriétaire du bijou, et la jeune femme qui l'accompagnait les salua d'une main élégante, salut auquel George, flatté, répondit d'un mouvement paresseux de son gant. La moto disparut dans un dernier écho. Jack jugea à l'oreille que c'était le son d'un deux-cylindres quatre temps de grosse cylindrée. Depuis l'école des *spetsnaz*, il s'exerçait à reconnaître les moteurs quelle que soit la nature du véhicule, sur terre, sur mer ou dans les airs. Invisible des deux Russes, la moto roula encore quelques centaines de mètres avant de se faufiler dans un sous-bois. Le couple d'amoureux poussa l'engin sous un grand taillis de ronces, puis ils sortirent du *top-case* des chaussures de marche, enlevèrent leurs chemises voyantes et enfilèrent des vestes de chasse légères aux motifs de tenue de camouflage. La jeune femme ôta sa perruque blonde, laissant apparaître une coupe à la garçonne brune et rigoureuse. Les lunettes de soleil disparurent à leur tour et le couple rejoignit la route pour revenir en sens inverse. Personne n'aurait pu savoir que c'étaient eux qui, quelques minutes plus tôt, chevauchaient la grosse BMW.

À l'approche de la propriété où avait disparu l'Aston Martin, ils vérifièrent que personne ne pouvait les remarquer et sautèrent par-dessus le mur de meulière. Courbés, marchant silencieusement, un filet de camouflage sur la tête, ils disparurent vers la maison. Après s'être assurés que la propriété n'était protégée que par une petite dizaine de gardes armés qui se cantonnaient à surveiller la grande cour de gravier blanc, ils s'allongèrent doucement, sortirent une paire de jumelles et un enregistreur longue portée muni de sa petite parabole. La jeune brune tapota sur l'épaule de son compagnon pour lui indiquer du doigt que leur cible réapparaissait sur la terrasse de la gentilhommière. L'homme était déjà prêt à transmettre par ondes courtes tous les sons venant de la maison vers l'enregistreur rangé dans le coffre de la moto.

Le directeur du cabinet politique du premier ministre français s'entretenait avec l'avocat anglais George Edward Hampton, accompagné d'un individu qui semblait être son garde du corps, un terroriste suivi par le service secret extérieur du Royaume-Uni. L'intégralité de leur discussion allait être enregistrée à deux cents mètres de distance. Les photos numériques prises par l'espionne compléteraient le dossier.

18

HÔPITAL MILITAIRE DU VAL-DE-GRÂCE, PARIS

Thierry Hardy sourit de nouveau à l'infirmière, et elle le regarda avec une admiration à peine dissimulée. Le nouveau venu avait de longs cheveux blonds formant une légère queue-de-cheval accrochée par une sangle en cuir noir. Il portait un tee-shirt moulant révélant les muscles de son buste et donnait l'impression d'être un sympathique surfeur oublié dans la jungle parisienne. Son allure générale ne correspondait pas à l'image traditionnelle du militaire de carrière qu'il était en réalité. Déguisé pour la circonstance en infirmier, il jouait son rôle à merveille.

Il venait de tendre à l'infirmière un document de transfert de service pour le malade de la chambre 8. C'était ennuyeux, parce que le transfert se faisait en fin de soirée, qu'elle était seule à surveiller le couloir et ne voulait en aucun cas laisser seul le policier chargé de protéger la chambre 9.

— Je ne supporte pas les flics... c'est quasi génétique chez moi, mon père était gendarme! Vous comprenez! Et je n'ai pas confiance, il a déjà voulu parler au malade deux fois, alors que le docteur a strictement ordonné le silence total pendant au moins quarante-huit heures. Il perdra une partie de son audition si l'on ne respecte pas la prescription!

Le sourire aux dents parfaites et aux lèvres gourmandes fit à nouveau soupirer la jeune infirmière. Le nouvel infirmier était craquant lorsque la petite cicatrice qu'il avait au coin de la bouche s'arrondissait sur la peau bronzée.

— Bon, je te propose une solution. J'appelle Bernard à la réanimation, il vient te donner un coup de main parce que, comme l'indique la note, tu dois accompagner ton malade. Moi, je garde les lieux et j'interviens si je vois le flic bouger un centimètre de ses gros godillots... OK ? Et après, je reste un moment avec toi, tu m'offres un petit café et tu me racontes comment ça fonctionne ici... Parce que moi, je termine dans un quart d'heure...

La proposition fit basculer l'infirmière qui se mit instantanément à rêver d'une fin de soirée à la mode *Miami Beach* en compagnie d'un beau surfeur. Il appela ledit Bernard de son portable et, quelques secondes plus tard, celui-ci vint l'aider pour conduire vers le bloc opératoire un jeune accidenté de la route dont l'état ne semblait pas grave. L'infirmière présenta Thierry au lieutenant de police qui surveillait un « client dangereux » avant de disparaître derrière le brancard en faisant un dernier signe à son protecteur. Celui-ci se retourna alors et, souriant au flic assis sur une chaise de plastique, se pencha vers lui et lui tint rapidement la main sur la bouche tout en lui plantant une seringue dans le cou. En quelques secondes, son regard devint trouble et il s'effondra. Deux autres blouses blanches apparurent alors avec un nouveau brancard et entrèrent dans la chambre. Tandis que l'adjudant faisait le guet à l'extérieur, ils placèrent le blessé endormi sur le brancard, plaçant sur l'anneau de déplacement la poche de sédatif dont le tuyau terminait son trajet dans le bras du gendarme. Puis, ils installèrent le policier évanoui à sa place dans le lit, lui remontant les draps jusqu'à la bouche. En quelques secondes, ils étaient sortis de la chambre. Quelques minutes plus tard, l'ambulance était en route vers le périphérique et la nationale 10. Trois heures de route seraient nécessaires pour arriver au camp militaire de Cercottes où les attendait déjà la famille du gendarme blessé par l'attentat.

Sur son bureau, l'infirmière trouva un petit mot l'informant que son beau surfeur était allé « boire un pot avec le flic de garde ». Elle jeta un coup d'œil dans la chambre surveillée par le gendarme, trouva que la forme allongée sous le drap évoquait le calme de la morphine médicale. Elle s'empressa de partir faire sa tournée de pilules pour être présente au retour de son surfeur.

Lorsque la DCRI fut prévenue que son officier avait involontairement remplacé dans son lit le gendarme tenu au secret, l'ambulance avait déjà été abandonnée dans une grange de la banlieue de Chartres. Le temps de lancer les ordres d'interception, l'équipe du surfeur avait rejoint la banlieue d'Orléans et installé le gendarme, toujours endormi, dans une chambre donnant sur la forêt. Un médecin militaire vérifia son pouls et mémorisa les éléments du dossier médical que l'équipe avait, pour la gloire, subtilisé. Il s'assit derrière son bureau pour surveiller le sommeil du blessé. Aucune discussion ne serait possible avec le seul témoin de l'attentat du Crillon avant que s'achèvent les quarante-huit heures de repos et de silence obligatoire prévues par le médecin du Val-de-Grâce.

SAINT-PÉTERSBOURG

Agris Laurenis entra le premier, regardant tour à tour Lefort et le décor. Il semblait regretter d'avoir accepté l'invitation.

— Vous n'appréciez pas la décoration, n'est-ce pas ? Ce n'est pas de mon goût non plus... C'est un prêt amical...

L'appartement que Jean Lefort occupait à Saint-Pétersbourg était le résultat d'une longue négociation entre le général Carignac et le directeur de cabinet du ministre des Relations extérieures. Carignac désirait mettre à la disposition de Lefort un endroit considéré par le FSB comme abritant des diplomates en poste de longue mutation, et non de passage. Cependant, le « diplotame » ne désirait en aucun cas mêler la France, sous-entendu son ministère, à une quelconque nouvelle barbouzerie. Sans l'accord direct du ministre, rien ne bougerait, en avait déduit le directeur général de la DGSE. Deux appels téléphoniques plus tard, l'acte malodorant du service secret français s'était transformé en une action salutaire dans les futures mémoires du ministre. Carignac obtint son appartement. Lefort avait ainsi emménagé dans l'étage baroque d'un immeuble longeant le canal Griboïedov, non loin de la passerelle Bankovski. Cet appartement, celui du chef du service culturel du consulat parti en congé, offrait un étrange décor, composé de statues grecques et de peintures contemporaines témoignant d'un goût prononcé pour les jeunes éphèbes.

Agris souffla et accepta le verre de cognac que lui tendait le Français. Ils s'assirent dans les larges fauteuils aux couleurs aussi éclatantes qu'un bouquet d'été. Lefort observait les traits fatigués du jeune

Letton. La cravate desserrée et l'allure défaite, il avala cul sec son verre d'alcool. Lefort le resservit.

— Il était moins une, non ? Ils vous auraient fait la peau pour vous voler votre portable et quelques roubles... votre montre peut-être ? Et vos chaussures. Le grand avait sensiblement la même taille que vous... Mort et nu, jeté dans le canal...

Agris réagit à la dernière phrase, il frissonna et tendit à nouveau son verre.

— Je ne sais comment vous remercier... Je ne connais même pas votre nom...

— Je m'appelle Lefort, Jean Lefort, je suis employé vacataire au consulat de France, je remplace provisoirement notre joyeux hôte. Connaissez-vous la France ?

Les yeux dans le vague, le Letton ne semblait pas avoir entendu la réponse du Français. Il parvint à s'arracher de son fauteuil en bredouillant qu'il devait se lever tôt le lendemain matin. Lefort ne bougea pas. Il sirotait son verre en attendant que le somnifère dilué dans le cognac produise son effet. Dans quelques minutes, la prostituée arriverait, déshabillerait le Letton et passerait le reste de la nuit dans le lit de la chambre d'amis que Lefort avait déjà « habillée » pour le réveil. Préservatifs, bouteilles vides de cognac, vêtements froissés. Pour la femme, ce serait de l'argent facilement gagné et une bonne nuit de repos à la clé. Elle arriva quelques minutes après l'endormissement complet de l'avocat, aida Lefort à le porter jusqu'au lit et ne s'embarrassa pas de sa présence pour se déshabiller et passer dans la salle de bains. Sa tête réapparut, sérieuse.

— Dites, vous êtes mignon, vous ne voulez pas en profiter ?

Une paire de fesses bronzées apparut dans l'encadrement. Lefort dut faire un effort sur soi pour répondre.

— Merci ! Pas le temps. Tu as la télécommande de la télévision sur la table de nuit. As-tu faim ?

La jeune femme fit la moue en passant une main langoureuse sur ses courbes. Elle n'était pas habituée à ce qu'on lui refuse une séance de jambes en l'air, surtout gratuite.

— Dans le réfrigérateur de la cuisine, tu as de quoi manger, caviar, blinis, champagne... Je sors. Je vais devoir t'enfermer. Tu me donnes ton cellulaire, le téléphone est en dérangement. Tu restes là jusqu'à son réveil, couchée avec lui, jusqu'à environ huit ou neuf heures demain. Si tu arrives à le faire consommer à son réveil, je te double ta prime. Sinon, tant pis. Compris ?

Après avoir pris la pose avec l'avocat sur une dizaine de photographies compromettantes, elle se dirigea, nue, vers la cuisine en faisant bouger son corps comme dans un casting X. En passant auprès de Lefort, elle lui caressa la joue de son ongle et il en eut des frissons dans le dos.

— J'ai compris, *sir*... Si tu rentres tôt et que je ne dors pas, je n'aurai pas changé d'idée.

Elle avait parlé sans se retourner et Lefort sut qu'il rentrerait trop tard. Il devait rester concentré sur la deuxième phase de la mission. Une nuit dans le froid l'attendait. Il ne lui restait que quelques heures avant de s'accorder un cigare, sa première récompense, et pas une minute de plus pour caresser les jolis seins de son invitée.

Kristina repoussa doucement son fiancé. Il était saoul et avait tenté de négocier une fin de nuit au lit avec elle. Elle n'eut pas à prononcer « jamais avant le mariage » : il ronflait déjà. Elle lui enleva sa chemise et son pantalon, remonta les draps sur lui et sortit de la chambre sur la pointe des pieds. Son futur beau-père l'attendait derrière la porte, inquiet. Elle mit un doigt sur sa bouche et d'un geste vague lui signifia que son fils unique était tombé dans les bras de Morphée, puis elle lui prit le bras et l'emmena rejoindre les quelques amis qui restaient. L'homme était fier d'avoir une si jolie femme comme future belle-fille.

Ce matin, il avait invité les véritables propriétaires de la banque à fumer un cigare après la fête. Il avait une proposition à leur faire. Son atout principal était cette main douce et musclée qui lui tenait le bras. Après un an d'enquêtes et d'observations, de missions aux quatre coins de la planète, de tests et de tentatives de corruption, il était persuadé que son fils avait découvert la perle rare. L'ancien colonel du GRU n'avait confiance en personne, pas même en son bras droit, Agris, ce jeune avocat si brillant, parce que l'homme était letton et que les Baltes avaient été exterminés, déportés, humiliés par les Russes. À tout moment, sa fidélité pourrait s'effacer derrière la résurgence d'une rancœur nationaliste. Le vieil homme se rappelait que les Lettons n'étaient habitués à servir les Russes que comme mercenaires ; jamais ils ne seraient capables de diriger la stratégie d'une grande famille de Saint-Pétersbourg. Il avait découvert la solution idéale. Elle s'était imposée à lui comme s'étaient réalisés les rêves de sa vie, de sa jeunesse d'officier des troupes spéciales à sa carrière au GRU. L'ancien officier, la veste de smoking couverte de décorations, allait faire de la jeune Kristina la future présidente exécutive de la banque.

Le vieil homme et la jeune femme entrèrent dans la bibliothèque enfumée, bruissant de conversations tenues à voix basse par trois groupes de convives portés sur les discussions d'affaires et les ragots politiques. Installés dans les confortables clubs en cuir fauve, ils se turent en pensant assister à une répétition de l'entrée dans l'église le jour du mariage. La noblesse et la puissance financière du vieil homme ne provoquèrent aucun commentaire. Il était respecté comme un chef de guerre, celui qu'il avait été dans l'armée et celui qui gagnait encore les guerres, dans les affaires.

Le chef de famille conduisit Kristina à un fauteuil et s'assit sur son accoudoir, acceptant le cigare qu'elle lui avait choisi et coupé. Il souriait de plaisir de la voir non pas attentionnée, mais parfaitement élevée dans le respect des hiérarchies russes éternelles. Il savait qu'elle pouvait tuer tous les hommes assis autour d'elle, et les aimer aussi, il le permettrait, mais avant son mariage avec son fils Roman Sergueievitch. Elle leva son verre de cognac, ironique, et l'assistance mit un certain temps à comprendre qu'elle attendait qu'on la serve. Trois hommes se levèrent précipitamment et l'un d'eux, qui se trouvait à proximité du chariot à alcools, posa la main sur le flacon en stoppant les autres du regard. En quelques gestes, Kristina avait changé du tout au tout l'ambiance de la pièce. Toute l'attention se portait maintenant sur la jeune femme. Le vieux lion la remercia en posant la main sur son avant-bras. Il allait prendre la parole. Ensuite il accompagnerait Kristina qui devait rencontrer le tsar.

21

VALLÉE DU DON, RUSSIE

L'Allée présidentielle, c'est ainsi que les koulaks désignaient, avant la NEP[32], la route qui traversait la forêt pour atteindre la datcha. Passé une chicane tenue par des cosaques[33] et gardée par un engin blindé aux armes de Poutine, l'Allée se perdait dans une forêt de bouleaux serpentant pendant un kilomètre vers la grande maison de bois. Kristina, confortablement installée au fond de la limousine, profitait de la vue sur la forêt enneigée. Elle supposait que la même ambiance silencieuse régnait de l'autre côté de la vitre blindée. Elle compta trois postes de gardes cosaques, armés et habillés comme les troupes spéciales, les médaillons bleu et blanc de l'ataman de la communauté des cosaques du Don sur leurs chapkas. Le domaine de Poutine s'étendait sur une centaine d'hectares de chasse, défendu par un régiment complet, armement lourd antiaérien et hélicoptères de combat MI24 en sus. Pourtant, la présence des militaires était discrète, et leurs tenues de camouflage blanches ne devaient alerter que le gibier, sangliers, cervidés, ours et quelquefois meutes de loups gris.

— Savez-vous que l'expression « cosaque zaporogue » signifie « homme libre d'au-delà du fleuve » ? Il s'agit du mélange du tatar

---

32 Le 12 mars 1921, Lénine annonce au congrès du Parti communiste la Nouvelle Politique économique, destinée ouvertement à combattre la famine et officieusement à reprendre le pouvoir face aux bolcheviques.

33 Depuis 1992, un décret donne des pouvoirs étendus aux milices cosaques de défense des terres et des frontières ainsi que celle de l'orthodoxie.

quzak, « l'homme libre », avec le vieux russe *za poroï*, « au-delà des rapides »...

Le futur beau-père de Kristina avait parlé d'une voix douce, presque inaudible, afin de préserver l'instant de paix qui émanait de cette forêt de petits arbres blancs croulant sous la couche lourde et grasse des premières neiges. Le froid ne gelait pas encore la neige en fine poudre volatile. Sans se retourner vers la jeune femme, il continua son monologue.

— Les textes de ma famille, dont sont issus plusieurs atamans, racontent que l'on chassait des sangliers de près de deux mille livres... et que les pêcheurs ramenaient des esturgeons de six mètres de long, d'une tonne de chair et de caviar. Les Russes colonisateurs ont tout massacré.

Une nouvelle chicane arrêta la voiture, et la section d'hommes armés prit position autour du véhicule pendant que l'officier parlait dans un téléphone cellulaire. L'antenne satellite était visible ; Kristina se rappela que Poutine possédait son propre réseau de télévision par satellite et disposait ainsi de liaisons de communications sécurisées. Les hommes baissèrent leurs kalachnikovs aux crosses évidées et le chauffeur redémarra vers le grand porche en bois de la datcha. La neige s'était mise à flotter de nouveau, d'abord flocon par flocon, comme un nuage de duvet apparaissant dans l'espace sans vraiment donner un sens de verticalité à sa chute, puis en un rideau épais et gris, isolant la bâtisse du reste du monde. La troupe d'hommes armés, pourtant à moins de cinquante mètres, avait déjà disparu.

Kristina descendit à l'invitation polie du garde du corps qui lui ouvrit la portière avec déférence. Elle suivit le général dans le vestibule de la maison. Une musique de chambre légère leur parvenait d'un salon dont elle n'entrevoyait, du hall d'entrée décoré de multiples trophées de chasse, que le feu de la grande cheminée. L'odeur d'un cigare de qualité – Poutine ne fumait plus – fit s'assombrir le visage de Kristina. Comme elle hésitait à entrer dans la pièce, le vieux général l'y encouragea d'un sourire. Elle savait qui était auprès de Poutine. Elle se trouvait prise au piège, avançant droit dans une impasse, une datcha au bout du monde, perdue au milieu d'une tempête de neige, où elle n'aurait jamais dû avoir la déveine de rencontrer cet homme.

Jean Lefort regardait la neige tomber derrière la grande vitre du bureau de réception du service de gestion privée de la banque dirigée par Agris. Celui-ci était debout derrière un jeune conseiller, surveillant ses moindres gestes, et le travail de l'assistant s'en ressentait. Il tremblait d'avoir son patron derrière son dos et cherchait, implorant, un soutien auprès du Français.

Lefort avait passé une bonne partie de la nuit précédente à observer les systèmes de défense extérieure de la banque et de la maison du banquier, puis avait réintégré son appartement, convaincu qu'il devait trouver la société qui avait posé le matériel de sécurité dernier cri, afin que le service action puisse en « emprunter » des copies. En attendant, faute de pouvoir pénétrer autrement dans un site si bien protégé, il avait décidé d'y entrer par la grande porte, en y ouvrant un compte de gestion privée.

À son retour dans l'appartement au petit matin, il s'était félicité de la jeune femme qu'il avait choisie pour tenir compagnie à Agris : des râlements de plaisir lui parvenaient de la chambre d'amis. Il eut le temps de prendre une douche et de préparer un café avant d'entendre des chuchotements amusés venant du couple. Il frappa et entra avec un plateau débordant de viennoiseries et de café odorant.

— Rien ne vaut, après une nuit de débauche, un bon petit-déjeuner « à la française » !

Les amants s'assirent prestement pour faire une place entre eux. Le banquier était rayonnant, la femme satisfaite de sa prestation. Agris répondit en français à son hôte, presque sans accent. Il ne voulait pas que la femme comprenne la conversation.

— Elle n'a pas bien compris pourquoi vous l'aviez payée pour une nuit complète et éjectée après quelques heures. Je vous dois donc à la fois un remerciement et une quote-part du salaire de la fille.

Lefort cligna de l'œil vers la jeune femme. Décidément, c'était une partenaire parfaitement professionnelle. Elle se leva, toujours sans pudeur, et passa entre les hommes sur le lit. Au passage, elle embrassa Agris sur la bouche, puis Lefort dans le cou, en lui susurrant dans l'oreille un laconique « ce sera plus cher, c'était une défloraison ».

— Agris, je vous en prie. Je me suis effondré après notre dernier cognac, considérez cela comme un gage d'amitié.

Le Letton n'arrêtait pas de piocher dans les croissants et les brioches, arrachés par Lefort après une belle négociation et un fort pourboire au concierge de l'hôtel Astoria en face de Saint-Isaac. Laissant le jeune banquier, Lefort rejoignit la femme qui s'apprêtait à partir, lui donna le numéro de portable d'Agris et une enveloppe gonflée d'une confortable majoration. Elle l'embrassa, passa dans la chambre pour un au revoir qui dura quelques minutes et partit, triomphante, assurée d'avoir signé un contrat à long terme avec un nouveau client riche.

Quelques minutes plus tard, Lefort s'entretenait avec le Letton de la difficulté qu'il avait à gérer sa fortune nouvellement acquise. Il parla de l'héritage d'un oncle éloigné et obtint d'Agris une réponse enthousiaste et détaillée concernant les avantages de la multidevise et la qualité de gestion de sa banque à Riga. La filiale russe de Saint-Pétersbourg était la plus riche, mais les activités de gestion restaient en Lettonie, Europe et sécurité financière obligent.

— Êtes-vous libre ce matin ? Laissez-moi donc prendre une douche et m'habiller, puis je vous conduis à la banque pour que vous puissiez ouvrir un compte. Je m'occuperai personnellement de vous. Je suis le vice-président exécutif de la banque. Je tiens à vous suivre personnellement, considérez cela, comme vous me le disiez auparavant, comme le gage de notre nouvelle amitié.

Lefort prit son air le plus impressionné, bafouilla un remerciement et laissa le jeune homme à des ablutions qui devaient lui redonner la silhouette de banquier que ses clients attendaient.

Dehors, la neige continuait de tomber. Phase deux terminée, pensa Lefort. Il était dans la place. Carignac reçut son second message crypté.

Kristina entra dans un salon recouvert de boiseries en sapin à la patine séculaire accumulée sur les moindres chevilles et autres tenons. Une mezzanine surplombait en grande partie la pièce, que supportaient des piliers de pierre taillée marqués de profondes entailles d'alphabet futhark[34]. Tout l'étage était meublé de milliers d'ouvrages qui garnissaient les rayons des bibliothèques jusqu'au plafond. À ses deux angles, Kristina remarqua deux gardes installés sur des chaises, armés de courts pistolets-mitrailleurs, l'oreillette d'un récepteur miniaturisé apparente. Une douce chaleur se dégageait de la grande cheminée centrale, où trônaient pourtant trois bûches imposantes. Les murs, percés d'étroites fenêtres aux petits carreaux de verre, étaient surchargés d'icônes et d'antiquités russes. Kristina se dirigea vers la deuxième partie de la pièce, cachée par un long paravent tatare de la fin du XIIIᵉ siècle. Une fumée de cigare s'échappait au-dessus du cadre tendu de cuir et de bronze. Elle reconnut cette odeur particulière, légèrement sucrée, presque mielleuse, de ces cigares réservés aux amis privilégiés de Fidel Castro. Elle salua l'ex-président Poutine qui s'était levé pour lui baiser la main et se tourna vers l'homme assis dans le grand fauteuil d'ataman.

---

34 L'alphabet viking utilisant les runes est appelé futhark en référence à ses six premières lettres. En Russie, il en reste des traces datant de l'époque où les Varègues colonisèrent le pays.

— Quelle mauvaise surprise tu me fais là, père ! Déjà intégré dans l'équipe ? Tu renifles tellement vite les mauvaises actions.

L'homme, les cheveux gris, le teint légèrement hâlé de son dernier séjour dans le sud-ouest de la France, se rassit, sans mot dire. Il craqua une longue allumette et porta la flamme à son cigare. Il sourit à sa fille. L'ex-président Poutine, yeux gris et allure sportive, prit la parole.

— Ma chère Kristina, cela fait si longtemps que je ne vous avais vue. Je crois que c'était à Moscou après cette belle affaire dans laquelle votre père m'a libéré des putschistes bolcheviques[35]. Mais ne vous méprenez pas sur ma façon, peu délicate, je l'avoue, de vous avoir conviée à ce que vous pourriez prendre pour un vulgaire piège. Votre père, le colonel Grychine, n'est pas arrivé par hasard dans l'opération que nous menons ensemble. Son surnom de « Conseiller » m'est précieux depuis tant et tant d'années. Il a imaginé ce montage, construit avec patience, avant de me le proposer. Ensuite, je l'ai tout naturellement chargé de le diriger et de contrôler les investissements que j'y fais. Depuis le début, il suit les équipes sur le terrain. Enfin, il n'y a pas de hasard. C'est lui qui m'a demandé de vous convoquer.

Il lança un regard sarcastique vers l'ancien chef des services de renseignement du FSB. Kristina ne perdait jamais son calme, sauf quand son père intervenait dans sa vie. Elle se savait vulnérable et transparente devant cet homme qui avait formé et manipulé les plus grands espions qu'avaient connus le KGB et le FSB ces cinquante dernières années. Son amitié envers Vladimir Vladimirovitch Poutine, l'ancien président de la Fédération de Russie, actuellement premier ministre datait de l'époque où il était son second en Allemagne de l'Est, à Leipzig, et n'était pourtant pas un secret pour sa fille. Son apparition lui rappelait qu'elle n'était pas la roue principale d'un grand montage d'espionnage, ce qui la désappointait vivement. Elle le regarda plisser des yeux derrière les volutes de son Cohiba, attendant comme un gros chat que la colère fasse surgir une phrase ou un bon mot dont sa fille avait le secret. Elle choisit la fuite et se tourna vers son futur beau-père.

— Je crains, mon cher et futur beau-père, de ne pas vous avoir présenté mon géniteur, le secret mais illustre colonel Igor Grychine.

---

35   En août 1991, le putsch de Moscou porte les néobolcheviques au pouvoir pendant quelques jours. Voir *Passerelle Bankovski*, du même auteur, J.-M. Laffont, 2005.

L'homme s'assit lourdement. Les fiançailles avaient été longues et les discussions qui les avaient suivies, difficiles. Le vieil homme n'avait pas dormi depuis vingt-quatre heures.

— Je regrette, ma chère Kristina, mais j'ai été présenté à ton père le jour où tu as tourné autour de mon imbécile de fils. Je suppose que c'était mieux ainsi. Ce mariage est une étape importante parce qu'elle permet un montage dont les rouages se mettront doucement en place.

Il accepta le cigare long et fin que lui tendait le Conseiller et indiqua du doigt au majordome silencieux placé près du chariot à alcools qu'il prendrait aussi un verre de cognac.

24

FRANCE

George Edward Hampton avait obtenu l'accord du chef de cabinet du premier ministre français. Ils avaient discuté pendant plus de trois heures dans la gentilhommière, en compagnie d'un chef de service du ministère des Finances et de deux avocats spécialisés. George Edward leur avait présenté le montage financier qu'ils croyaient réalisé directement par Genetik Corp., mais qui sortait tout droit des ordinateurs de la banque de Riga. Le travail du cabinet anglais avait consisté à traduire en langage commercial un simple et efficace maquillage de financement occulte. Au signal du chef de cabinet, ils avaient envoyé ensemble par courriel crypté des messages offrant les garanties d'exécution du contrat. Le projet Grand Sud serait cofinancé par l'État et un premier versement d'urgence de plusieurs centaines de millions d'euros aurait lieu dans les jours qui suivraient. Un autre accord, celui-là non publiable, prévoyait qu'au signal du versement, sur le compte du groupement dirigé par le cabinet de George Edward, un grand groupe français deviendrait le concessionnaire exclusif de la remise en marche de l'industrie aérienne militaire russe. La semaine suivante verrait l'arrivée des quelque cent millions de dollars nécessaires au financement de l'opération, après un parcours intraçable via des places offshore, des sociétés de gestion alternative, filiales d'une ex-banque nationalisée française logée dans un holding de Nassau. Les fonds versés par l'État français sur le compte de Genetik Corp. pour la construction du pôle du Sud-Ouest seraient nantis dès leur arrivée et permettraient de garantir un prêt offert par des banques internationales de premières signatures. Ce prêt, virtuel, servirait de sésame pour le transfert du capital de l'avionneur russe vers un unique actionnaire, la banque de Riga dirigée par Agris Laurenis. Avant la fin du mois, le groupe industriel français décaisserait dix fois la somme reçue pour acheter la moitié du capital de la société russe. Ensuite, la garantie serait levée. Le reste des actions serait distribué *in fine* aux membres du groupement mis en place autour du projet Grand Sud. La banque de Riga et sa filiale d'assurances, riches de plusieurs milliards d'euros, recapitaliseraient les filiales préalablement achetées depuis plus de dix ans. La construction du pôle industriel du Sud-Ouest était assurée.

La boucle était bouclée. Dans quelques jours, la France aurait doté discrètement un industriel français du marché de l'aéronautique qui lui échappait depuis des décennies. Le chef de cabinet, futur dirigeant de cette société aéronautique, offrirait en retour à son premier ministre une cagnotte politique, secrète et confortable, permettant de préparer sereinement les prochaines présidentielles. En cas d'audit, les sommes déposées sur le compte du groupement dirigé par Genetik Corp. ne trahiraient aucun mouvement suspect, seulement un nantissement préalable à une levée de fonds importants. Jamais – et c'était le risque d'une mort immédiate pour George – un nom ou une société russe n'apparaîtrait. Jamais on ne ferait le lien entre le prêt international ayant permis la levée des fonds pour acheter l'avionneur russe et Genetik Corp. Les Russes, dépassés technologiquement, échangeaient la majorité du capital d'une société moribonde contre celle, protégée, d'une industrie offrant la solution écologique qui sauverait la planète. En sous-main et en toute impunité, ils avaient fait financer par l'État français et la Communauté européenne un pôle européen d'études et de recherches dans une technologie de pointe et des brevets jalousés par le monde entier.

Dans le fauteuil du passager de l'Aston Martin, George Edward essayait d'imaginer ce qu'il ferait de son propre magot qui frôlerait le milliard d'euros. Il achèterait une île, s'y ferait construire un palais russe aux marbres incroyables et engagerait une armée de gardes du corps. Il achèterait une banque, de taille moyenne, mais lui donnant la possibilité de gérer ses avoirs sans contrôle pour vivre de ses propres commissions de gestion. Il ferma les yeux un instant quand Jack rétrograda pour doubler un camion. Il lui tapota l'avant-bras en lui faisant le geste de ralentir. Il ne désirait ni attirer l'attention de la maréchaussée française, ni provoquer un accident dont la victime la plus précieuse serait son Aston. Jack rétrograda encore et accéléra de toute la puissance des trois cent quatorze chevaux des six cylindres. George se cramponna à la portière en poussant un petit cri efféminé.

— George, il faut qu'on file, on est suivis depuis la maison. Je pense que c'est la même moto que celle qui nous suivait à l'arrivée. Les deux touristes qui vous ont fait un signe de la main. Juste un changement de déguisement, mais j'ai reconnu le son du moteur.

George s'en remit à l'oreille de son homme de main, qu'il savait infaillible. Il baissa le pare-soleil, remarqua sur le petit miroir de courtoisie la grosse moto noire qui, trois cents mètres derrière eux, doublait le premier camion. Il essaya de mettre un visage derrière les lunettes de protection du pilote, puis resserra la ceinture de sécurité, un luxe rarissime en 1963, date de la construction de la DB5 Vantage. Ensuite, il fit signe à Jack de semer la moto. Les passagers de la BMW eurent moins de chance que ceux de la voiture anglaise. Au passage d'une voie ferrée dans la banlieue de Bordeaux, ils furent stoppés par un motard de la gendarmerie derrière une barrière automatique en panne. Quand le gendarme les autorisa à avancer, cinq minutes plus tard et après deux convois de trains de marchandises, ils avaient perdu toute chance de rattraper l'avocat et son pilote.

Ils savaient cependant qu'ils avaient été repérés et en avaient profité pour prendre de nouveaux ordres au siège du MI6. George Edward continua de surveiller leurs arrières jusqu'au centre de Bordeaux, puis, ne voyant rien venir, il demanda à son chauffeur d'aller directement à la gare. La voiture serait chargée sous bâche dans la journée sur un convoi ferroviaire à destination de Londres. Les deux hommes devraient prendre quelques précautions supplémentaires et comprendre qui les avait suivis afin de prévenir toute nouvelle tentative de filature. Tout en surveillant l'embarquement de son bijou mécanique sur le train, George Edward envoya par messagerie cryptée les indices qu'ils avaient recueillis et l'immatriculation de la moto qui les avait suivis.

Quelques secondes plus tard, le message arriva sur le serveur du cabinet du premier ministre, où il fut décrypté puis déposé au milieu des « notes blanches[36] » que le chef de cabinet devait lire et analyser

---

36 Les « notes blanches » ou « blancs » sont des documents qui ne comportent aucune information sur le service d'origine afin de protéger une source ou une investigation en cours.

avant d'en faire un résumé à son ministre. Encore quelques minutes et la DCRI recevait l'ordre direct de retrouver et d'intercepter discrètement la BMW, en vue d'un échange d'information entre services de renseignements. Un signalement demandant d'aviser les services antiterroristes en cas de découverte fut diffusé à toutes les unités mobiles de la gendarmerie et de la police. La moto fut vite retrouvée, garée dans un parking de l'aéroport de Toulouse-Blagnac. Elle avait été volée à un couple de Hollandais quelques jours plus tôt. Quand le capitaine de la DCRI et son adjoint commencèrent leur enquête afin de retrouver la trace des passagers suspectés, le couple avait déjà débarqué à Heathrow et se dirigeait vers le quartier général de son service, à l'arrière d'une Rover banalisée progressant lentement dans les embouteillages des abords de Londres. Ils avaient avec eux la totalité des enregistrements vidéo et audio gravés sur deux minuscules disques compacts, dont les données ne pouvaient être lues que par un seul ordinateur du centre de renseignement extérieur du Royaume-Uni.

25

PARIS, SIÈGE DE LA DGSE

Le Chien, qui ne portait toujours pas d'autre nom, avait un point commun de plus avec Carignac. Il ne pouvait s'empêcher de bouger et s'ennuyait ouvertement durant les réunions sans ordre du jour précis. C'était du moins ce que pensait le général en faisant un effort sur lui-même pour ne pas se lever et quitter la cinquième réunion extraordinaire convoquée par le chef de cabinet du premier ministre pour déjouer tout risque d'un nouvel attentat à Paris. La piste du couple de motocyclistes dont la DCRI avait si miraculeusement retrouvé la trace avait seulement suscité des questionnements chez les chefs des autres services de police. Quelle était la source d'information que le service de renseignement intérieur avait ainsi utilisée, au point d'en être ridiculisé ? Poussé à bout par les tracasseries de ses collègues, le chef de la DCRI avait levé le doigt en l'air pour indiquer que Dieu lui-même était impliqué. Carignac, auquel on avait rapporté les détails de la réunion au ministère de l'Intérieur, avait soupiré une nouvelle fois en regardant son chien dormir, indifférent à la guerre des services.

Les recherches de la DGSE avaient montré que les dernières revendications de l'attentat étaient toutes farfelues, malgré leur provenance du Pakistan, du Yémen et des milieux pro-tchétchènes. Elles pouvaient toutes avoir été provoquées ou directement construites par n'importe lequel des services secrets « amis » ou « ennemis » ayant des fonds secrets à dépenser pour cacher une autre réalité. Entre deux tasses de café – Carignac craquait et retrouvait sa drogue quand il n'était pas à son bureau –, le chef des services secrets extérieurs avait détaillé au chef de cabinet du premier ministre les mécanismes et faits ayant mené son service à ces conclusions.

L'adjoint du chef de la DCRI précisa tout d'abord qu'il remplaçait son supérieur hiérarchique pendant le voyage important qu'il effectuait à Moscou pour le cabinet du premier ministre. Le sourire aux lèvres, avec l'assurance d'un homme prêt à prendre un jour une place un peu plus importante, il produisit ensuite de nouveaux éléments démontant les conclusions de la DGSE. Puis, il s'épancha en termes techniques sur la nature de la bombe et la provenance supposée de l'équipe terroriste : tout indiquait une source militaire d'un pays technologiquement avancé. Carignac s'était en partie rangé à l'avis de la DCRI, et il en était étonnamment soulagé. Le chef de cabinet nota pour la première fois que ses services étaient tous d'accord à propos de l'enquête et s'en félicita. Cependant, comme Carignac l'avait remarqué, les conclusions, les rapports, les informations données à la presse et les indices émanant de la réunion des services repoussaient systématiquement l'hypothèse d'une affaire de droit commun ou de terrorisme visant directement les États-Unis. On excluait, malgré les indices matériels, que la cible ait pu être un agent ou un diplomate en poste à l'ambassade des États-Unis, et le terroriste, un pur « produit américain[37] » désireux de s'en prendre à son propre pays. Selon le rituel habituel, la réunion se termina par l'apparition éclair d'un premier ministre affairé, lançant quelques mots encourageants à l'adresse des équipes, avant de gagner le perron de Matignon pour montrer à la presse combien la sécurité de ses concitoyens lui tenait à cœur.

En s'engouffrant derrière les vitres blindées de sa limousine, Carignac repensa aux sourires complaisants de son homologue de la police et se demanda si le contre-espionnage pouvait mettre sur écoute un directeur général de la DGSE en poste. Il se réserva le plaisir, en arrivant dans son bureau du boulevard Mortier, de faire contrôler directement par son service technique l'hypothèse d'une guerre des services. Confortablement allongé sous son bureau, Le Chien l'attendait sans bouder, et remua la queue en levant une tête paresseuse. Un instant plus tard, assuré que son maître resterait près de lui, il avait repris son ronflement régulier. Carignac s'installa confortablement,

---

37   À l'instar des auteurs de l'attentat d'Oklahoma City du 19 avril 1995, qui a fait 168 victimes, et qui étaient membres d'un mouvement d'extrême droite, le Patriot Movement.

une tasse de thé brûlant posée sur le bureau ; il était temps pour lui de lire le compte rendu de l'interrogatoire du brigadier Montillon.

L'homme s'était réveillé de son coma artificiel après quarante-huit heures, et le médecin n'avait diagnostiqué aucune lésion permanente de l'oreille interne. L'équipe de débriefing de Cercottes mise en place par Carignac avait alors commencé son lent travail de reconstitution des faits qui avaient précédé et suivi l'explosion. Quand le gendarme avait confié aux enquêteurs les menaces proférées par le commissaire de la DCRI, ceux-ci s'étaient regardés en souriant, se souvenant des mises en garde du directeur général. Ils avaient insisté sur le portrait-robot du mort, l'homme avec lequel le gendarme avait parlé juste avant l'explosion de sa voiture, et faxé le dessin au bureau du général. Carignac reconnut sans hésitation le chef de la CIA à Paris. Il commençait à comprendre comment il avait été joué et qui se cachait derrière cette campagne de désinformation. Il connaissait le mécanisme financier, les preuves du méfait, le mobile. Il ne lui manquait plus que les contre-mesures. La guerre était un art dont le général Carignac s'était construit un savoir-faire de virtuose. Il tapota la tête du Chien, dont les yeux brillants lui firent comprendre qu'il savait tout de son excitation.

26

MIAMI
DÉCEMBRE

Fabien Emond – Fab pour les intimes –, gestionnaire de son état, était en vacances dans le Sud. En cette période des fêtes, il avait laissé derrière lui la crise économique, la famille qui débarquait pour lui rendre la vie insupportable, surtout les pièces rapportées qu'étaient les amis de France, les oncles, tantes et cousins de sa femme, ces râleurs, envieux, teigneux et surtout tapaneux qui attendaient les fêtes pour venir s'incruster, vider la cave et regarder le hockey en fumant ses cigares. Pour échapper à la rigueur calamiteuse de l'invasion des fêtes et rentabiliser son temps quelles que soient la météo et l'humeur de ses enfants, Fabien avait acheté cash un condo à Miami ainsi qu'un petit bateau de pêche sur l'économie des *fees* gagnés sur les banques de crédit.

Il faisait plus froid que d'habitude, les chandails et les cirés étaient de rigueur, mais la mer s'annonçait parfaitement calme. C'était une journée ensoleillée idéale pour la partie de pêche prévue. Son bateau, un modeste *inboard* dix pieds avec cabine avant contre les embruns, avait été préparé, brossé par les enfants quelques semaines plus tôt afin de ne perdre aucune des journées réservées à la pêche. Un rituel qui, à mesure qu'approchait la fin des vacances, leur apportait la preuve irréfutable que les adultes sont aussi stressés dans leurs loisirs que dans leurs activités professionnelles. Le réveil de la famille avait sonné à cinq heures du matin, faisant trembler la maison sur la tête ébouriffée des garçons. Les filles n'étaient pas invitées et se retournèrent voluptueusement sous leurs draps en savourant les bienfaits de la discrimination familiale. Après un café et un petit-déjeuner devant trois têtes endormies sur leurs tartines, Fabien avait commencé tout en sifflotant à charger l'arrière du break Volvo des glacières, cannes à pêche et filets nécessaires à une partie de pêche au large. Pas vraiment le large, bien entendu, mais le mot avait été employé par son aîné, lors d'une conversation avec sa petite amie restée à Québec. Sur la fenêtre du hayon, un autocollant délavé attestait que les fervents défenseurs de la nature qu'étaient les Emond se doublaient de pourfendeurs tout aussi fervents des animalistes empêcheurs de traditions. On voulait bien se chauffer à la géothermie mais on n'acceptait pas qu'on touchât à la liberté de vivre de la chasse aux phoques. Tout était dit, préparé, instruit pour une journée en mer.

Quelques minutes plus tard, après un répit de sommeil dans la voiture, les hommes de la famille Emond, suivant leur chef, arrivèrent en vue du port, que les enfants surnommaient Kaka-Point en raison de l'odeur de varech pourrissant qui montaient des eaux quand les vents et les rejets d'engrais des terres piégeaient les nappes vertes dans la nasse formée par la digue artificielle du port. Le père les laissa trottiner vers l'appontement et continua son rituel : sortir les glacières, fermer la voiture, attacher la clé sur le gros bouchon de liège. Ensuite, seulement, il se retourna. Les enfants étaient restés sur le bord de la falaise. D'habitude, ils faisaient la course en se bousculant, se poussant les uns les autres pour arriver le premier au bateau, laissant immanquablement le plus jeune pleurer en haut des marches glissantes. Fabien s'approcha du bord.

Des dizaines de baleines flottaient dans le port, dans une incroyable exhalaison de mort. Couchées sur le flanc, certaines soufflant encore un peu d'air de leur évent dorsal. Des formes qui ressemblaient à des grosses crevettes sortaient de leur bouche et tombaient dans l'eau rougie. L'aîné vomit sur les bottes de son père. Le plus petit pleurait. À part flanquer une claque sur le crâne de son fils, Fabien ne savait que faire devant ce qui s'annonçait comme la fin prématurée de ses vacances.

De place en place, partout dans le monde, la même vision d'horreur se répétait. Les bancs de crevettes semblaient ne se nourrir que des gros mammifères, toujours plus affamés, les bancs de krill génétiquement modifiés attaquaient comme des essaims d'abeilles folles, se gavant des organes internes qu'elles ramenaient à leurs reines, délaissant les cadavres, vidés, sur les plages des cinq continents.

27

VALLÉE DU DON, RUSSIE

Autour de la datcha, la neige redoublait d'intensité, isolant les convives sur une île perdue à des milliers de kilomètres de toute habitation. Même les communications étaient instables. Les techniciens avaient abandonné tout espoir d'enlever suffisamment vite la neige sur les paraboles et devaient jongler avec les réseaux pour maintenir les liaisons. Kristina entendit les chiens aboyer dans leur chenil. Malgré la tempête, des patrouilles continuaient à sortir en traîneau pour surveiller la propriété. Elle se souvint que le lieutenant qui les avait arrêtés au dernier contrôle portait un GPS au poignet. Par tous les temps, les commandos de Poutine étaient entraînés à protéger l'ancien président.

Les invités s'étaient installés confortablement dans les fauteuils de chêne entourant la lourde table d'ardoise de la salle à manger. Kristina jeta un regard admiratif autour d'elle. Alentour se déployaient les vestiges pillés dans la tombe d'un chef varègue des bords du Dniepr : armes, boucliers, vases et coupes d'or, vraisemblablement amassés au cours d'une razzia, ainsi que des parchemins conservés dans des vitrines pressurisées – des trésors qui auraient fait mourir d'envie les conservateurs des plus grands musées. Les fauteuils sur lesquels ils étaient assis provenaient également de cette tombe.

Autour de la table du roi, se succédaient mets fins et grands vins français. Siégeant à un bout, Poutine avait pris la place du chef de guerre, conformément à la tradition nordique. Il était assis sur un trône identique aux autres, hormis sa taille et ses décorations d'ivoire de mammouth et d'or. Kristina lui faisait face, cinq mètres plus loin sur le trône de la reine, aux décorations d'argent et de bronze. Entre eux, elle nota les règles hiérarchiques qui s'appliquaient à cette assemblée. À la droite de l'ex-président, son père, le colonel Grychine ; à sa gauche, son futur beau-père ; puis, à sa gauche, un Français au nom espagnol, qu'elle ne connaissait pas, mais qui suivait pas à pas un gros Anglais qui lui avait baisé la main et lui avait donné du « Christine », à la française. En face, un Américain était affalé sur son assiette ; le contraste était saisissant entre l'éducation du Londonien et celle de l'homme tout droit sorti du Bronx.

Kristina avait caché sa surprise quand l'homme était apparu. C'était l'adjoint de Mark Le Neveu. Elle l'avait rencontré dans la forêt de Rambouillet, et il l'avait alors pelotée pour vérifier qu'elle n'était pas armée. À présent, il la regardait avec des yeux concupiscents, et elle lui répondit d'un regard froid de tueuse. L'Américain s'était posé quelques heures plus tôt sur l'héliport, malgré les rafales de neige et la visibilité réduite. Aussitôt arrivé, il s'était engouffré dans le bureau de Poutine avec le père de Kristina et le gros Anglais. La jeune femme était restée dans le salon en compagnie du silencieux Jack et de son futur beau-père, qui avait fini par ronfler dans un fauteuil près de la cheminée.

Poutine fit légèrement tinter la petite cloche placée à côté de sa main droite et les serveurs posèrent les plats de *zakouski*[38] au centre de la table, ainsi qu'une bouteille de vodka glacée devant chacun des convives. Il regarda la tablée silencieuse en s'arrêtant sur chacun des visages. Autour de lui étaient réunis la totalité des cerveaux qui avaient pensé, préparé et contrôlé le montage économique et stratégique du siècle. Il finit par arrêter son regard en bout de table.

— Kristina ? Voulez-vous nous parler de votre rencontre avec Mark Le Neveu, le chef de l'antenne parisienne de la CIA ?

Il avait levé sa *rioumka* en parlant, ponctuant sa phrase d'un coup de poignet sec qui projeta la vodka directement dans le fond de sa gorge sans lui brûler la bouche. Kristina l'imita. La première question de l'ex-président ne la surprenait pas. À l'arrivée tardive de l'adjoint

---

38 Hors-d'œuvre russes typiques, servis en apéritif, comprenant notamment charcuterie, poissons et caviar.

du chef de la CIA au dîner, elle avait perçu un changement des sentiments à son égard.

— Votre homme ici présent vous a raconté tout ce qui s'est passé. Relation normale entre un officier russe et un agent américain. Mes supérieurs sont au courant. S'il y a un doute sur ma fidélité, commençons par éliminer ceux qui ne sont pas de notre sang.

Elle croqua un cornichon, juteux de vinaigre de mûre, piqué de la pointe de la dague de combat qu'elle venait de tirer de l'ample manche de sa veste. L'homme de la CIA eut un mouvement de retrait. Le colonel Grychine sourit du geste de sa fille. Il prit entre ses doigts un concombre et le regarda avant de l'avaler.

— Ma fille... Nous connaissons ton indépendance et tes sautes d'humeur légendaires. Ici, nous allons parler de la maîtrise future du monde, pas d'une mission banale d'un agent en mission. Ce qui importe, c'est la réalité. S'il fallait que je te résume nos propos, il faudrait que je commence par la genèse du dossier. Aujourd'hui, huit cent cinquante millions d'individus souffrent de malnutrition dans le monde. Un vivier d'enrichissement et de pouvoir incroyable.

Grychine croqua un gros malossol qui craqua bruyamment sous ses dents.

— Délicieux... Ajoute à ce chiffre, ma fille, près de deux milliards de personnes qui ne mangent pas tous les jours à leur faim. Au total, un tiers de la population de notre belle planète, alors que les ressources alimentaires ont augmenté de vingt-deux pour cent depuis 1970. L'équilibre mondial ? Pour vivre normalement, un être humain a besoin de deux mille trois cents calories par jour. Les pays riches consomment cinquante pour cent de plus que nécessaire, le surplus étant le plus souvent rejeté dans les montagnes de détritus qui encombrent les abords des cités. Gâchis qui fait vivre les industries alimentaires. Partant de ce constat, nous avons fait l'hypothèse stratégique suivante : en gagnant le monopole de la production de protéine animale, nous pourrions rééquilibrer durablement la gabegie alimentaire en détenant le pouvoir suprême sur le contrôle de la moitié de l'humanité. Imagine quels moyens de pression nous aurions sur les peuples si la Russie devient le seul État qui porte la vraie foi pour mener ce combat à son terme. Nourrir le monde derrière l'étendard de l'orthodoxie ! L'idée nous est venue de la technique des céréales infécondes, une invention américaine des années soixante. Le germe modifié donne un rendement incroyable, quelle que soit la terre. Il est offert par un laboratoire, sous contrat décennal, avec des machines pour irriguer et planter, des techniciens agricoles et des suivis techniques par satellites. Toute une gamme de services gratuits qui plaira autant au paysan *businessman* du Texas qu'au fermier pauvre de Bangalore. Précision importante, la semence ne sera germée et vendue au paysan que par la coopérative appartenant au producteur, qui le revendra ensuite profitablement. La chaîne créera la dépendance et la richesse. C'est l'interdépendance qui est le plus profitable. Nous allons pratiquer la même stratégie avec les protéines animales. Déjà, les premières péniches dragueuses sont en train d'enlever des mètres de limon et de terre du sud-ouest de la France, grattant le fond d'un canal qui rejoindra dans deux ans le futur emplacement d'une mer intérieure bientôt baptisée « Mer de la Plaine ». L'objectif est de donner à la Russie la suprématie mondiale et un monopole de production de protéines de poisson, en parallèle à la maîtrise des énergies fossiles et à l'élaboration d'un blé génétiquement modifié qui nous donnera un rendement à l'hectare supérieur à tout ce qui se produit sur Terre : nous serons ainsi d'ici dix ans les maîtres de l'approvisionnement nutritif mondial.

Le Conseiller croqua une grosse crevette, la trempant directement dans le piment comme s'il s'agissait d'une vulgaire sauce à la tomate. Il montra du doigt le plat.

— Du krill de notre production. De la taille d'une petite langouste, mais vivant comme un essaim d'assimilations grégaires des déchets organiques et du phytoplancton. La nouvelle génération se nourrit des déchets « propres », légumes en surplus, viandes et poissons trop pauvres pour la vente. Nos laboratoires pourront bientôt produire des centaines, des milliers de tonnes de reines par jour de ce merveilleux produit.

Il examina les autres plats et s'arrêta sur une pièce montée de tranches de saumon allant du blanc au rouge foncé.

— Des saumons de nos élevages. Toutes les couleurs et tous les goûts, de la truite au saumon d'Atlantique en passant par le saumon à bec d'Islande. Taille adulte obtenue en trois semaines, contre près de six mois en liberté. Nourriture identique à la crevette. Encore plus économique compte tenu de la rentabilité au kilogramme.

De sa main fine, Kristina refusa une tranche que son père avait accrochée au bout de sa fourchette.

— Alors, ma fille, la question en suspens reste que nous t'avions réservé la direction de la banque qui contrôlera notre montage, parce que toi seule pourrais contrôler la jeune équipe qui nous survivra. Mais, avant d'aller plus loin, j'aimerais que tu nous confirmes le contenu de ta conversation avec feu le commandant Mark Le Neveu. Il était peut-être plus habile que toi et vous avez eu des relations, disons... intimes. Désormais, nous ne pouvons pas prendre le moindre risque. Tu dois comprendre.

Kristina avait tiqué aux mots « feu le commandant Mark Le Neveu ». Elle ne savait pas que l'homme avait trouvé la mort. L'ancien adjoint de l'Américain sortit une enveloppe qu'il lança sur l'assiette de la jeune femme. Elle contenait les photos du 4 x 4 de l'agent arrivant à la place de la Concorde, son arrêt et l'approche d'un gendarme en treillis bleu marine ; la tête de l'Américain avait disparu derrière la vitre teintée en même temps que le gendarme s'éloignait. Les deux dernières photos montraient l'explosion et le cratère. Autour de Kristina, les murs semblaient tourner aussi vite qu'un manège fou. Elle avait compris. Grychine reprit.

— Notre ami, ici présent, a découvert la charge que tu avais déposée sous son propre véhicule. Il l'a tout simplement changée de place. Quand tu as téléphoné pour déclencher l'explosion et le faire taire à jamais, c'est ton commanditaire que tu as envoyé vers le grand paradis des nègres démocrates. Kristina, tu nous dois des explications.

Autour d'eux, sur la mezzanine de la bibliothèque, les hommes s'étaient levés et le bruit sec de l'armement des pistolets-mitrailleurs résonna dans la pièce devenue silencieuse. Le Français à l'allure espagnole approcha son buste de Kristina et, dans un russe si parfait qu'elle comprit qu'il était un des agents sous couverture de Genetik Corp., lui murmura à l'oreille :

— Je m'appelle Jack. Je suis chargé de vous faire disparaître, proprement, si la sentence du président vous est défavorable. Nous attendons votre réponse, Kristina.

Sa main s'était abattue, comme un étau, sur celle de la jeune femme pour l'empêcher de saisir la dague posée sur la table à côté de l'assiette en argent.

28

ANTILLES FRANÇAISES, AU LARGE DE LA GUYANE
23 DÉCEMBRE

Dans la chaleur de ce mois de décembre torride, le capitaine Zola passa une main grasse dans les boucles de ses cheveux gris, y laissant un peu du cambouis qui maculait la timonerie. Zola[39] ne tenait pas son patronyme du célèbre écrivain, mais de la propension de son grand-père, bagnard au pénitencier de Saint-Jean-du-Maroni, à casser les os de ses ennemis d'un coup de mâchoire. Il avait dépassé la soixantaine sans s'apercevoir qu'il était monté sur son premier bateau de pêche cinquante ans plus tôt. À présent, il était le capitaine du *Merci'Bere*, un chalutier construit à Nantes en France, au début des années quatre-vingt-dix, grâce à la manne financière de la défiscalisation de la loi Pons et qui faisait partie d'une flottille de vingt-cinq unités d'une des quatre sociétés d'armement guyanaises. L'équipage comptait cinq hommes, l'élite des pêcheurs de Cayenne, les rescapés de ceux qui se battaient sur les quais quand venait la saison de s'enrôler, tous spécialisés dans la pêche à la crevette rouge. Ces vingt-quatre mètres de tôle peinte en bleu rouillaient tranquillement sous le soleil de la Guyane. Zola savait que son bateau coulerait un jour. Non seulement il s'usait trop vite, à cause de la compétition forcenée qui imposait d'accroître sans cesse le tonnage tout en construisant à faible coût, mais aussi parce que, une fois la défiscalisation obtenue, les investisseurs se désintéressaient de l'entretien et de la sécurité. L'avenir du *Merci'Bere* et de ses marins importait moins à leurs yeux que la profitabilité fiscale de la société qui avait armé la flottille.

---

39 *Z'os là*, en créole : « cet os ».

Le chalutier craquait comme les articulations d'un vieil homme, signe que la mer était belle et que le moteur tournait à plein rendement. Le bras du chalut se déploya dans un grincement qui couvrit le bruit du moteur diesel. Le capitaine prit une gorgée de rhum et passa au ralenti pour se positionner sur l'écho du banc de crevettes qui nageait au-delà des quatre-vingts mètres de profondeur. Le soir, quand il rentrait et s'effondrait dans son hamac, il rêvait de mettre un terme au massacre qu'il répétait tous les jours de la saison. En ramenant son chalut des zones profondes, il devrait encore une fois rejeter un tiers du tonnage, des milliers de vivaneaux rayés, d'acoupas chasseurs, de croupias, de requins et de balistes. Il avait commencé à travailler dans la barque de son père et il connaissait la valeur de la prise. Quand le rhum devenait poison dans ses veines, il en avait parfois des cauchemars.

Le capitaine Zola cria vers l'arrière un de ses jurons habituels et les hommes traduisirent qu'il fallait lâcher le câble du chalut. Il jeta un coup d'œil à la poulie du cabestan pour vérifier qu'aucune des cinquante bouées ne s'accrochait à la descente du filet, puis fit effectuer un large tour au navire afin de placer le piège dans la direction de son écho radar. Un coup d'ongle sale sur l'écran pour arrêter le tremblement de l'imagerie électronique, et il avala une autre gorgée de rhum directement au goulot de la bouteille de Damoiseau. Il attendit le choc arrière, le contact entre le chalut et la masse des crevettes, qui vint quelques secondes après. Le câble d'acier se tendit, frémit des milliers de gouttes d'eau qu'il supportait. L'équipage commença à arroser le treuil surchauffé par l'effort de grands seaux d'eau de mer. Zola hurla qu'il remontait tout et poussa le levier vers l'avant. Le bateau trembla, se cabra, puis son moteur rugit. Il fut comme stoppé par un mur. Les hommes s'étaient accrochés, deux d'entre eux avaient failli passer par-dessus bord. Le capitaine bloqua les commandes et sortit en jurant. La perche du chalut commençait à plier, mais ne montra aucun risque de rupture. Il retourna dans la cambuse, débraya quelques centaines de mètres de câble et réenclencha la remontée. Autour du treuil, les marins préparaient les gaffes pour dégrafer le filet sur le pont. Le grincement reprit un rythme rassurant et le filin de remontée commença à s'enrouler autour de la roue du cabestan.

— *Bon Diè dé bon dié !*

Il se retourna en entendant les cris des marins. Le filet, à quelques mètres de la surface, paraissait proche de la rupture. À vue de nez, il contenait près de soixante tonnes de crevettes. Le capitaine donna un grand coup de barre et lâcha l'embrayage du treuil. S'il sortait le filet par bâbord, il coulerait immanquablement son bateau. Dans la tradition de la marine commerciale, aucun des marins ne savait nager, et il ne fallait pas compter sur le capitaine pour sortir les équipements de survie, achetés lors de l'armement du navire et réservés exclusivement aux visites annuelles de la gendarmerie maritime. Il hurla encore et la perche, un bras d'acier forgé de quarante centimètres de diamètre, fut déplacée sur l'arrière. Il poussa la machinerie en avant, attendit que le câble se tende à nouveau et le remonta lentement. La vitesse de la traînée et le couple du gros diesel Volvo arriveraient peut-être à compenser le poids du filet. Une nouvelle injure et son second se tint à l'arrière du palan, derrière la plaque de protection, une grande cisaille à la main. Si le capitaine l'exigeait, il couperait le lien qui les reliait tous à la fortune.

Le capitaine Zola but une nouvelle grande gorgée de rhum. Il transpirait et ses yeux le piquaient. Il amorça un léger virage sur tribord et replaça la zone sombre qui apparaissait dans l'axe de remontée de la plage arrière. Les hommes étaient tous passés sur l'avant, attendant l'ordre qui ne viendrait que de la timonerie. Aucun ne bougeait ni ne parlait, tous s'étaient signés plusieurs fois et restaient hypnotisés par l'arrivée de la masse grouillante et rouge. Dans un dernier craquement, le filet s'échoua sur les plaques rouillées du pont arrière. Le capitaine Zola coupa tout et sortit rapidement ; son bateau penchant sur l'arrière dangereusement, il cria pour faire bouger ses marins, toujours immobiles sur la proue, et ils accoururent pour libérer le chalut. Son filet s'ouvrait sur le pont, y déversant des milliers de grosses crevettes rouges de la taille de grandes langoustines. En une prise, il avait dépassé la saison précédente.

La veille de Noël, il pouvait partir à la retraite.

Le capitaine sortit pour regarder ses marins. Riant et plaisantant, ils faisaient couler la pêche vers la cale réfrigérée qui congèlerait le tout avant l'arrivée au port. De temps en temps, ils se faisaient mordre les pieds et riaient encore plus fort. Zola entra dans sa timonerie et s'épongea le front d'un morceau de chiffon sale, puis il ressortit et s'approcha. Un détail le surprenait, et il n'arrivait pas à trouver lequel. Il s'approcha encore, observant la beauté des crevettes, la pureté de leur couleur et la taille de leur queue, qu'il vendrait au meilleur prix à la Bourse du soir. Un miracle, une pêche miraculeuse, pour un homme qui se saoulait pendant que les femmes allaient à la messe du dimanche. Il se signa et s'approcha toujours plus près. Une crevette vint lui mordre un orteil et il ne bougea pas. Il avait enfin relevé l'anomalie de sa prise. Sur le pont, au milieu des bêtes frétillantes, il n'y avait aucune de ces « captures accessoires[40] » dont se plaignaient les écologistes. Pas un vivaneau, pas un poisson. Le chalut n'avait remonté que des crevettes, une espèce qu'il ne connaissait pas.

---

40 Rien qu'en Guyane française, l'IFREMER estime que les prises accessoires dites « de qualité » atteignent 30 000 tonnes par an, rejetées directement à la mer.

29

SAINT-PÉTERSBOURG
24 DÉCEMBRE

Pendant qu'Agris lui démontrait que la sécurité du système de la banque était totale, Lefort retenait, au fur et à mesure, les mots de passe qu'il utilisait pour parvenir au cœur de l'informatique. Lors de l'ouverture de son compte, Lefort avait reçu un exemplaire de la petite calculette électronique destinée au codage d'ouverture de chaque session informatique. Code et moyens de cryptage en poche, il prouva au banquier qu'une nouvelle démonstration était nécessaire, car il pouvait tenir pour définitivement acquis que le Français était incapable de comprendre quoi que ce soit en informatique du premier coup. Lefort jubilait. Il pourrait offrir, en cadeau de Noël au général Carignac, les moyens d'entrer dans le système interne de la banque. Il avait passé la journée en hôte d'Agris, qui ne le lâchait plus et insistait pour lui montrer tous les secrets de la banque.

Quand Lefort l'entretint, taquin, de la nuit dans l'appartement, l'autre lui sourit d'un air entendu, comme un vieil habitué des soirées fines. Il lui demanda qui était son amoureuse du moment et le banquier se rembrunit, puis rougit en bafouillant qu'il ne sortait avec personne en ce moment, trop occupé qu'il était à mettre en place le grand financement international du projet « Mer de la Plaine ». Il venait de lâcher, tout en effaçant une nouvelle fois l'erreur de saisie de Lefort, une information dont celui-ci savait qu'elle était secrète.

— Il s'agit d'un projet pharaonique, issu de notre propre recherche nationale en biologie marine, juste là, au large de Jūrmala... Nous allons être l'intervenant financier principal d'une affaire dont le budget équivaudra, avant dix ans, à celui de la Lettonie tout entière aujourd'hui.

Lefort ne releva pas l'énormité de l'information. Il restait concentré sur l'entrée, par l'ordinateur de son nouvel ami, dans son compte en banque. Il exhibait ouvertement son incapacité à comprendre les mécanismes informatiques.

— Dites, Agris, ce ne serait pas plus simple si nous procédions par télécopies pour gérer ce compte ? Moi, ces trucs informatiques, je n'y comprends rien du tout !

Agris s'assit une nouvelle fois à ses côtés pour lui montrer patiemment comment ouvrir l'Intranet de la banque, l'initialiser puis jouer avec les données.

— Mais je connais une personne qui vit dans le Sud-Ouest sur l'emplacement de votre projet ! Je croyais pourtant qu'il s'agissait d'un financement anglais et européen !?

Agris changea de conversation, visiblement ennuyé. La soirée allait bientôt commencer. L'envie le taraudait de sortir la petite carte de visite rose de la prostituée.

— Si je vous emmenais goûter de la véritable cuisine russe ?

Lefort accepta sans hésitation. Il devait auparavant revenir à l'appartement pour envoyer les données collectées par courriels chiffrés, avant que sa mémoire ne défaille. Il prit l'adresse du restaurant où ils se retrouveraient plus tard et gagna le canal Griboïedov. Dès la sortie de la banque, il avait surpris le reflet en manteau gris qui le suivait déjà le matin même. Si la voie de sécurité qu'il s'était aménagée fonctionnait aussi parfaitement que quelques heures plus tôt, il découvrirait un homme aux cheveux gris et rouflaquettes qui couvrait la filature de cet agent. Lefort gagna lentement l'immeuble baroque où se trouvait son appartement. Il avait prévenu l'équipe qui était chargée de sa sécurité. La question la plus importante n'était pas d'essayer de déjouer la filature. Il fallait impérativement déterminer qui se cachait derrière les suiveurs de l'ex-commandant français.

Une sueur froide lui descendit dans le cou quand il montra son dos sans défense en pianotant le code d'entrée du bâtiment. Il ne pouvait se presser ni tenter le moindre mouvement révélant qu'il soupçonnait son ou ses suiveurs. Ce qu'il ne pouvait deviner, c'était la colère froide qu'avait manifestée le général Carignac quand il avait décidé, après avoir écouté les avis de ses adjoints, de ne pas bouger tant que la nationalité et le camp des suiveurs ne seraient pas découverts. Il n'acceptait jamais de mettre en danger ses hommes, et savoir que la mort rôdait autour de l'un d'entre eux lui était insupportable.

Lefort s'appuya en soufflant sur la porte fermée. Il rêvait maintenant d'une douche bien froide avant de se remettre au travail. Il avait, de plus, une idée dont il ne parlerait pas au général Carignac. Agris Laurenis avait évoqué des recherches en biologie marine au large de Jūrmala. Si jamais le directeur général de la DGSE apprenait que l'ex-commandant avait en tête d'aller vérifier par lui-même, sa fureur atteindrait Lefort depuis Paris. Il retint un rictus ironique. Il n'était qu'un contractuel qui pouvait garder sa liberté d'action. Il voulait apprendre ce qui se tramait dans ces fermes biologiques dont il avait aperçu les bassins, ramenés pour le début de l'hiver vers les plages abandonnées par les touristes.

*****

Kristina regardait la tablée. Le choc qu'elle avait éprouvé en apprenant la mort de son ami américain embrouillait son esprit. Elle avait elle-même déclenché la bombe qui l'avait pulvérisé. L'homme de la CIA avait découvert le secret de Hampton et le rôle de son adjoint. Pour cela il avait disparu. Elle retira sa main, maintenue par le tueur de Hampton. L'homme montra des dents de carnassier, mais la laissa se dégager. Même son père attendait qu'elle justifiât la fin de la rencontre dans la forêt de Rambouillet. Pourtant, elle n'avait rien à ajouter. Le chef de l'antenne parisienne de la CIA l'avait prévenue des dangers de l'opération des Russes. Elle avait pris le risque de se retourner contre ses employeurs. Vaine utopie de fidélité à Le Neveu.

Elle regarda Poutine qui se resservait un verre de vodka. Il ne semblait pas s'intéresser à la suite des événements. Elle lança un regard amer à son père qui avait posé les mains de part et d'autre de son assiette ; il attendait qu'elle prouve qu'elle restait la meilleure option stratégique pour prendre la tête de ce qui serait la banque la plus importante au monde. Au bout de la table, les yeux à demi fermés par la concentration, son futur beau-père affichait un visage de marbre. Il avait été bolchevique et soviétique, il était russe et avait survécu à toutes les purges et à tous les chefs de la Sainte Russie. Il croyait encore, un peu, en elle.

Elle leva son verre et jura. Un juron qui claquait de toute la vigueur de sa voix claire et forte. Il était destiné à l'Américain de la CIA et à ce Jack dont elle avait compris qu'il était le tueur dans ce groupe. Ensuite, elle se rassit, attendant qu'on vienne la chercher. Une main sous la table, elle eut à peine le temps d'envoyer un SMS depuis son portable qu'une gifle la fit valser de sa chaise. Jack ramassa le cellulaire et le tendit aux autres, comme un trophée. Elle n'entendait plus rien. Le coup sur l'oreille l'avait rendue sourde. Assommée, elle pensait déjà aux sous-sols humides et froids de la datcha de Poutine. L'ex-président avait de la sauce grasse autour de la bouche. Il s'essuya d'un revers de la manche et fit signe du menton au garde de les débarrasser de la jeune traîtresse. Il servit une *rioumka* argentée au colonel Grychine.

— Merci de ta fidélité, Igor Vitovitch. L'arrivée de notre ami américain a quelque peu changé nos plans, mais tu as agi avec discernement. Le sang... le sang nous trahit souvent. Agris Laurenis pouvait être notre meilleur serviteur, contrôlé par ta fille. Je ne le tuerai pas tout de suite. Laissons avancer notre projet jusqu'à son terme. Quant à Kristina, elle restera dans ma cave, sous la protection du convivial Jack. Je ne souhaite pas que tu te laisses écarter de ta mission par un quelconque instinct filial. Après, je te la rendrai dans l'état où l'auront laissée mes hommes. Tu en disposeras comme tu le désires.

Grychine avala sa vodka et lança derrière lui son verre qui alla se fracasser sur la large épée de bronze du roi viking. Il grimaça de douleur, éprouvant peut-être la raideur de l'alcool, ferma un instant les yeux. Il ne regarda même pas le tueur qui s'était levé et traînait la jeune femme inanimée.

30

GOLFE DE RIGA
26 DÉCEMBRE

La mer avait l'aspect d'une nappe de pétrole grasse et épaisse. La douceur de la semaine précédente avait rabattu vers les côtes des tonnes d'algues qui pourrissaient et empêchaient d'entrer dans l'eau. Ce n'était qu'un champ sans fin, à peine ondulant, une étendue de prairie, de fin du monde. Lefort avait jeté l'ancre après avoir recueilli suffisamment d'informations sur la zone balayée par les phares des barges de surveillance et des éventuelles vedettes de protection. Mais la nuit était calme, les gardiens ayant éteint toutes les lumières pour ne laisser que les clignotants des feux balisant l'emplacement de la ferme. Lefort, après avoir installé la bouteille d'air comprimée sur son dos à l'aide d'un cordage de chanvre puis vérifié la montre-ordinateur qui ne le quittait jamais, se glissa dans l'eau en prenant soin de ne pas créer trop de clapotements. Il n'avait pas repéré, aux coins des bassins, de bouées de sécurité susceptibles de défendre la ferme piscicole contre les intrusions sous-marines, mais il s'attendait à déclencher des alertes électroniques de surface autour des réservoirs.

En arrivant en Lettonie quelques heures plus tôt, dans une ville assoupie par les effluves des fêtes passées, il avait pris contact avec un ami d'Agris, un ancien plongeur professionnel à qui il avait demandé où trouver un équipement étanche permettant de plonger dans l'eau froide du golfe. L'homme, un retraité de l'armée soviétique, devenu l'un des milliers d'Aliens[41] abandonnés à la fois par les Russes et par les Lettons, l'avait emmené dans sa cave pour lui montrer son ancien équipement de soudeur sous-marin. Il lui avait vendu le dernier souvenir de sa vie passée à souder des tôles au milieu des rejets de polluants chimiques et nucléaires. Lefort avait remplacé les manches en caoutchouc par de larges bandes adhésives d'isolant électrique afin d'empêcher l'eau glacée de la Baltique d'entrer en contact mortel avec son corps. Seul, la nuit, dans une eau à moins de dix degrés, il n'aurait survécu que quelques minutes.

Après avoir attaché un bout de nylon au Zodiac, il descendit à dix mètres de profondeur et, seulement alors, alluma son phare. Il commença à dérouler sa ligne de survie en se dirigeant plein nord vers les lueurs. Il n'avait qu'une vision restreinte, moins d'un mètre de visibilité, au milieu de la soupe de plancton, isolée de la clarté de la lune par une épaisse couche d'algues. Un instant, perdant toute notion d'équilibre, il dut s'arrêter et souffler devant lui pour vérifier dans quel sens les bulles remontaient, puis il observa son compas et les paramètres de plongée de son ordinateur. Il devait palmer plus vite vers sa destination. Le stress et le froid, qui l'incitaient à pomper l'oxygène de son unique bouteille, accentuaient le danger. Il faillit rater l'angle du premier bassin. Le courant l'avait poussé à plusieurs mètres du but sans qu'il s'en aperçoive. Aucun repère n'était visible à plus d'un mètre. Mais ce n'était pas la masse des filets d'acier, pourtant importante, qui l'avait ramené vers la ferme. Une lueur dans la nuit, sous la surface, éclairait le bassin.

Il s'approcha, sortit une pince du sac d'outils accroché à sa jambe. Au-delà, suspendues entre deux eaux et posées sur le fond du filet, plusieurs masses éclairées bougeaient doucement. Leur reptation l'intrigua. Quand il parvint à se glisser entre les mailles du grillage, les larves se groupèrent à l'autre bout de la piscine. Un grincement, presque un cri d'enfant effrayé, traversa les quelques mètres le séparant des larves. Sous lui, les animaux manœuvraient pour garder la même distance avec lui. Ils avaient tous le même large abdomen luminescent, deux fois plus important que la taille normale d'une langouste adulte. Les monstres le regardaient de leurs grands yeux mobiles. Lefort estima leur taille à près de quarante centimètres. Il fit le tour du bassin, hésita, puis remonta lentement. Autour de

---

41 Le passeport Alien est réservé à la population russe qui vivait en Lettonie avant 1991. Ces personnes ne sont plus russes, mais ne sont pas lettonnes.

lui, une centaine de bassins identiques d'où l'écho des grincements des larves faisait résonner la nuit. Il pensa à des reines. L'image d'un essaim d'abeilles l'effraya. Il effaça vite cette idée insensée de son esprit.

Les cris des larves avaient réveillé les gardiens qui allumaient les lampes dans les timoneries des barges. Une sourde sirène retentit et les phares claquèrent dans la nuit tandis que des cercles de lumière se mirent à fouiller l'obscurité. Lefort vida l'air de son gilet stabilisateur et s'enfonça. Il lui fallait retourner au Zodiac accroché à une ligne de vie en nylon, en dehors du halo lumineux des surveillants. Il descendit, tenta de s'approcher une dernière fois des reines, sans succès, franchit les barrières des filets métalliques. Il hésita, puis revint à l'ouverture et prit soin de la refermer. À quelques mètres de lui, les larves s'étaient approchées du trou dans le grillage. L'intelligence qui semblait les habiter l'effraya. Il suivit le filin du Zodiac jusqu'à destination. Il ne lui restait plus qu'à se déshabiller, couler son matériel et s'approcher du rivage pour remettre à sa place le bateau emprunté quelques heures plus tôt.

Sur la plage, munie d'une paire de jumelles à vision nocturne, une femme en tenue sombre observait le retour du Zodiac. À ses côtés, un homme prenait des photos. Ils ne bougèrent pas de leur cachette quand Lefort passa devant eux pour rejoindre sa voiture de location. Ce soir, ils avaient reçu des ordres. À l'inverse des jours précédents, ils ne suivraient pas l'agent français. Ils avaient maintenant pour mission de vérifier qu'il avait fait correctement son ménage. Approchant du Zodiac abandonné, ils trouvèrent sur le sable des traces allant dans la direction de la plage et de la ferme. L'homme sortit une bombe de peinture et barbouilla les boudins d'air de mots d'argot russe. Sa compagne sortit une dague et creva l'enveloppe. Ensuite, ils marchèrent autour du bateau pour multiplier les traces. Avec un peu de chance, on croirait qu'une bande de voyous avait joué et saccagé le petit canot. Il était temps de partir. Au loin, venant de la ferme, une vedette rapide armée de mitrailleuses, camouflée à la peinture sombre avait démarré.

Les deux ombres disparurent dans la nuit. L'équipe du MI6 qui avait suivi l'Aston Martin dans ses pérégrinations dans le sud-ouest de la France avait reçu l'ordre de s'exfiltrer au plus vite.

❋ ❋ ❋ ❋ ❋

Le commando du SBS avait vu passer Lefort au-dessus de lui. Allongé sur le dos dans le champ d'algues couvert de limon, il attendait l'ordre d'agir. Le chef de la palanquée tapota sur son petit ordinateur de poignet un court message destiné à prévenir le chef du commando de l'intrusion du Français, puis il reprit sa position, les bras croisés sur sa poitrine. Lefort serait passé à cinquante centimètres par grande visibilité qu'il n'aurait pas aperçu le militaire en tenue camouflée, respirant sans dégager d'air dans l'eau à l'aide d'un recycleur. Le commando sous-marin avait été étonné des cris que les grosses larves avaient poussés dans tous les bassins quand les trois palanquées de nageurs de combat s'étaient approchées. Ils avaient posé les charges de poison sous les filets, en observant leur ballet. Depuis que les petits containers étaient posés sur le fond, les animaux s'étaient réfugiés le plus loin possible des bombes, bougeant au fur et à mesure du courant comme s'ils devinaient un danger.

Lefort repassa au-dessus de lui, suivant de la main le fil d'Ariane qui devait le ramener à son bateau. La visibilité étant meilleure, le nageur anglais nota l'originalité de l'accoutrement du Français, qui s'éloigna en regardant de temps en temps vers les larves. Il paraissait effrayé. Les cris des reines devenaient plus forts ; au-dessus des plongeurs, au-delà de la surface, les gardiens avaient allumé les projecteurs et devaient chercher Lefort. L'Anglais pesta : le Français risquait de donner l'alerte, alors que le commando misait sur l'effet de surprise. Lefort fit demi-tour pour fermer correctement le grillage du bassin. Une des reines avait essayé de s'enfuir par le trou qu'avait laissé la morsure des cisailles. Le Français avait à peine disparu qu'un tremblement de son ordinateur prévint le commando anglais. Il nagea vers la première barge de surveillance et remarqua que les charges placées sous les bassins commençaient à distiller un léger nuage orangé. Les larves nageaient dans tous les sens pour éviter le contact du produit chimique. À la surface, les sirènes d'alerte rugirent dans la nuit.

Le nageur, rejoint par son binôme, attacha les dernières charges explosives, vérifia qu'elles étaient amorcées, puis, de son couteau, signa son sabotage d'un ogam[42] que sa famille considérait depuis des siècles comme le nom du premier homme de la tribu galloise dont elle descendait. Un signe à son binôme, qui venait de faire le point et d'indiquer les nouvelles données de repli au GPS amphibie et les deux hommes s'accrochèrent au fil de nylon qui les tiendraient

---

42 Caractère de l'alphabet oghamique que les Celtes utilisèrent à partir du IIIe siècle. Le mot est formé d'après le nom du dieu Ogme.

réunis jusqu'au point de rencontre avec le sous-marin. D'ici là, ils auraient retrouvé le propulseur électrique et parcouru vingt kilomètres sous la surface sombre de la Baltique. Un éclair de lampe laser puis un second indiquèrent au chef du commando que les deux autres équipes avaient terminé leur travail de sabotage. Il fit signe à son compagnon qu'ils pouvaient partir. Il se souvenait de ses deux amis avalés par l'essaim de krill au large de la Garonne. Étant le seul à avoir vu les animaux, il avait été choisi pour entraîner les équipes aux dangers de la mission et avait pris la tête d'un des groupes de combat. Dans quelques heures, quand les larves auraient toutes succombé, les explosions finiraient de détruire les installations des fermes expérimentales de Genetik Corp.

Au même moment, au large de Pico, une petite île des Açores, mais aussi au-delà de la barrière de corail en Afrique du Sud ainsi qu'à la Désirade dans les Antilles françaises, des équipes de nageurs de combat terminaient leur mission de sabotage. Le général Carignac coordonnait personnellement les équipes internationales. Les reines devaient toutes mourir.

31

Les hommes de Carignac ne connaissaient pas Jean Lefort. Ils ne savaient même pas qui avait récolté les informations qui leur permettaient de frapper trois coups sur la lourde porte en chêne de la boulangerie de la rue Smielsu dans le vieux Riga afin de pouvoir accéder à la banque. Une jeune femme silencieuse leur ouvrit la porte et leur désigna un escalier à l'autre extrémité de la pièce. Ils la remercièrent d'un clin d'œil et descendirent vers la cave. Un homme était installé à genoux sur une caisse en bois, les yeux masqués par des lunettes de protection. Dans le silence de la nuit, sans le sifflement de la lampe à acétylène, on aurait cru qu'il priait contre le mur d'une cave. Il se retourna vers les nouveaux arrivants et reprit son travail sans prendre le temps de les saluer. Il était en mission : son travail terminé, il devrait quitter les lieux au plus vite, sans s'occuper des nouveaux arrivants ou de la jeune femme de l'étage. Le serrurier ne rencontrerait jamais plus les deux espions pour lesquels il perforait la porte blindée de la cave de la banque, située de l'autre côté de la petite rue. Il devrait ensuite se débarrasser de son matériel et rouler toute la nuit vers la Pologne, l'Allemagne, la Hollande puis l'est de la France. Arrivé au camp de Dieuze, garnison du 13ᵉ régiment de dragons parachutistes, il serait pris en main par une équipe de débriefing venue directement de la caserne Mortier. Le sifflement du gaz mourut doucement, l'homme fit claquer la molette de fermeture du chalumeau. Il attendit que la plaque de métal attaquée par la flamme reprenne une couleur normale. La porte s'était ouverte sans bruit ni odeur. Sans un mot pour les inconnus qui s'étaient placés derrière lui, il rangea ses instruments, toujours concentré, se leva et quitta la pièce. Mission accomplie.

Les deux hommes attendirent qu'il soit remonté à la boulangerie et chargèrent leur pistolet de fléchettes soporifiques. Ils avaient en tête le plan des étages de la banque, ainsi que l'emplacement des deux gardes, une cible pour chacun des tireurs. Les Lettons s'endormiraient d'un seul coup, laissant jusqu'au petit matin la place libre aux Français. Quelques minutes plus tard, au sourire de son compagnon, l'officier de la DGSE comprit que les deux hommes dormaient profondément à leur poste. Ils n'avaient même pas senti l'impact de la fléchette. Au rez-de-chaussée, séparé de la rue par une lourde grille en fer forgé, la salle des saisies informatiques était constituée de box fermés, occupés dans la journée par des opérateurs effectuant les saisies des comptes des clients. Avec les codes d'Agris et la procédure fournie par le commandant Lefort, les deux hommes pouvaient pénétrer le système.

* * * * *

Le directeur de la DGSE, exceptionnellement assis dans la salle des opérations du fort de Noisy-le-Sec, vit le grand écran s'illuminer quand, à deux mille cinq cents kilomètres de distance, le chef de la mission envoya un message crypté indiquant qu'ils étaient dans la place. Le Chien regarda fixement son maître jusqu'à ce qu'il lui caresse la tête ; il sentait l'énervement et la concentration de la salle et restait au calme aux pieds du général.

* * * * *

À Riga, les deux hommes s'étaient installés derrière l'écran d'Agris Laurenis. Ils effacèrent le compte de Lefort, puis s'attaquèrent à la principale cible. Deux heures plus tard, il ne resterait plus un euro des financements du grand projet du Sud-Ouest. La DGSE aurait alors gonflé un compte dans une banque offshore du Cap-Vert. Dans la semaine qui suivrait, cette banque, riche de plusieurs dizaines de milliards d'euros, disparaîtrait à son tour dans le tourbillon effréné de la guerre économique que se livrent les grands réseaux financiers mondiaux. Avalés par une OPA d'une compagnie d'assurances canadienne, puis par une compagnie de production cinématographique américaine, ses actifs bancaires seraient échangés contre l'actif immobilier fortement endetté d'une grande banque française. L'État français aurait alors réparé « en tout bien tout honneur », comme l'aurait dit le maire d'un petit village du sud-ouest de la France, avant que l'aventure n'eût emporté si loin le général Carignac, l'erreur faite par son premier ministre.

La dernière touche *Enter* enfoncée, les deux espions vérifièrent qu'il n'y avait aucune trace de leur passage, puis prirent le chemin inverse, par la cave de la banque, celle de la boulangerie et l'étage gardé par la jeune femme qui remonta le mur de la cave en maquillant les traces de l'intrusion nocturne.

À son signe, ils gagnèrent la rue et prirent calmement la direction du parking de la rue du 10-Novembre. Ils devaient être au port de Ventspils, à l'ouest de Riga, avant le petit matin. Là, ils prendraient place, avec la voiture allemande de location, dans le ferry russe qui les mènerait à Rostock, au nord de l'Allemagne, en moins de deux jours.

❀ ❀ ❀ ❀ ❀

À Paris, Carignac but une nouvelle gorgée du champagne frais qui était apparu comme par miracle quand les deux hommes du Service avaient annoncé qu'ils étaient dans le salon du ferry à boire une bière. Ils profitaient de la compagnie des chauffeurs routiers russes, habitués à faire le trajet vers l'Allemagne par la mer et à éviter ainsi la longue traversée de la Pologne. La jeune femme de la boulangerie avait doucement refermé la porte avec les clés qu'on lui avait remises à son arrivée à l'aéroport de Riga. Elle ne se souvenait déjà plus de la tête de la personne qui l'avait accueillie, ni de celle du serrurier et encore moins de celles des deux hommes qu'elle avait dû attendre plusieurs heures, tapie dans l'ombre de la boulangerie, armée pour assurer leur protection. Elle rentra tranquillement à son hôtel, plaisanta avec le réceptionniste qui lui tendait sa clé et s'attarda, un instant accoudée au comptoir, la tête encore pleine des rythmes qui étaient censés l'avoir fait vibrer toute la soirée dans la boîte de nuit seventies au coin de la rue Audeju. Elle en vanta l'ambiance à un garçon qui ne parvenait pas à détacher son regard du décolleté généreux qui s'agitait devant lui.

Un message apparut sur le téléphone portable de Jean Lefort avant qu'il arrive au Métropole, un hôtel luxueux datant de la période soviétique, à la limite du vieux Riga. Un texto du jeune banquier letton lui demandait de le rappeler d'urgence. Lefort n'eut pas le temps de saluer son nouvel ami que celui-ci hurlait dans l'émetteur :

— Mais qu'est-ce que tu faisais, bon sang ! J'essaye de t'appeler depuis une demi-journée ! J'ai reçu un texto d'elle, enfin Kristina, elle est chez Poutine, elle a été enlevée. Tu es dans la diplomatie internationale ! Tu connais sûrement des gens importants ! Il faut que tu m'aides !

Agris avait la voix d'un homme saoul. Les quelques mots qu'il avait reçus de Ming l'avaient plongé dans un cauchemar. Sa Ming, son fantasme, enlevée et séquestrée par le premier ministre de la Russie ! Son ami Roman, le fiancé, le tuerait s'il apprenait le pacte amoureux secret qui liait sa future femme et son futur témoin. Lefort lui fit promettre de ne rien dire, et surtout de ne rien tenter avant son retour, prévu pour le matin suivant. Il contacta la prostituée pour qu'elle le surveille de près jusque-là. Il ne devait pas sortir, à elle de trouver le moyen le plus adapté, alcool, sexe, ou les deux à la fois. Elle répondit que le prix serait le double de la précédente mission. Lefort ne releva pas sa remarque, il roulait déjà vers sa chambre d'hôtel. Une demi-heure plus tard, il entrait dans la capitale de la Lettonie.

Alors qu'il montait quatre à quatre les marches du grand escalier de l'hôtel, il lâcha un juron. Londres, le sud-ouest de la France, Riga, le commandement en Russie... Lefort commençait à comprendre l'entreprise contre laquelle il se battait. Il ouvrit en hâte la porte de sa chambre, cherchant des yeux son ordinateur afin de contacter d'urgence le général Carignac.

Soudain, une poussée violente lui fit perdre l'équilibre et il s'étala sur la moquette. Avant de pouvoir esquisser le moindre mouvement, il était menotté et bâillonné à l'aide d'un bout de la large bande adhésive avec laquelle il avait réparé sa combinaison de plongée. Au même instant, un sac s'abattit sur ses yeux et une aiguille lui perça la cuisse. Il ne put résister au sommeil provoqué par le puissant narcotique.

32

VALLÉE DU DNIEPR, RUSSIE

Kristina regardait Jean Lefort sortir de son sommeil artificiel. Il avait été jeté contre le mur opposé de la cave de la datcha du président Poutine, pieds et mains menottés. Autour d'eux, le silence était ponctué par la minuterie de l'unique ampoule. Kristina avait déjà compté. Toutes les trois minutes, il fallait tourner le connecteur pour obtenir de la lumière. Tendant une main mordue par la mâchoire de la paire de menottes, à la limite de la chaîne qui la retenait au mur, elle parvenait à toucher le bouton pour faire disparaître la nuit. Ils étaient dans une geôle conçue pour de longs séjours : ouverture passe-plats dans la porte, toilettes à la turque dans un coin de la pièce et paillasse maculée de taches sanguinolentes. Quand la porte s'était ouverte sur les gardes portant son ancien amant, elle avait craint un instant qu'ils viennent l'échanger contre elle. Elle n'en avait d'abord pas cru ses yeux de retrouver ici Jean Lefort. Puis le doute, les questions, la fureur avaient pris le pas sur la réflexion.

— Tu en as mis du temps pour te réveiller.

Lefort essaya sans succès de se redresser. Il avait la joue contre le sol de béton et ne voyait qu'une partie du corps de la jeune femme. Il reconnut la voix, celle de son ancien amour, quand il était encore en poste à Saint-Pétersbourg. Un jour[43], elle avait disparu, sans la moindre explication.

---

43 Voir *Passerelle Bankovski*, du même auteur, J.-M. Laffont, 2005.

— Ainsi, la Ming, sublimée par notre jeune banquier, n'est autre que Kristina l'espionne. Bonjour, Kristina. Déjà cinq ans que nous ne nous étions pas rencontrés.

Kristina secoua les chaînes qui la reliaient au mur. Elle était furieuse de se retrouver en compagnie du Français.

— Comment as-tu fait pour arriver ici ?

L'homme sourit. Il roula sur le dos, une fois, puis une deuxième fois, pour prendre son élan, et finit par parvenir à s'asseoir dans l'angle de la prison.

— J'ai promis à Agris de venir te sauver !

La femme ferma les yeux en grimaçant. Les menottes avaient marqué ses poignets jusqu'au sang.

— C'est réussi !

Lefort l'observa. Elle avait troqué le look de brune sauvage qu'elle arborait à Moscou lorsqu'elle achevait sa convalescence, contre celui d'une héroïne de série télévisée des années soixante-dix. Des cernes soulignaient ses yeux noirs et une large croûte de sang séché montrait qu'elle avait été frappée sur le haut de la pommette gauche. Un cocard commençait à apparaître sur l'œil du même côté. Lefort, reprenant ses esprits, essaya de comprendre ce qui lui était arrivé en même temps qu'il le lui expliquait.

— Ton amoureux transi devait être surveillé et écouté. Il m'a contacté pour que je vienne l'aider à te libérer et, trente minutes plus tard, j'étais attrapé et drogué. Donc, nous sommes en Russie dans la datcha de Poutine. Deux heures d'avion pour me faire passer de Riga à la banlieue de Saint-Pétersbourg, l'arrivée à l'aéroport, le chargement, puis la route jusqu'ici. On doit être le soir ?

Elle tenta de bouger pour trouver une meilleure position qui soulagerait ses mains. En vain.

— Ratée, la déduction. J'ai entendu un hélicoptère gros porteur se poser dans la tempête. Tu as tout fait en quelques heures, trois heures au plus, entre ton kidnapping et ton arrivée. Ensuite, ils t'ont injecté un contrepoison, et tu t'es réveillé en quelques minutes. Rapproche-toi, je ne sais pas si nous sommes écoutés et je ne peux pas bouger. Le tueur de Poutine, il se fait appeler Jack, m'a demandé si je t'avais rencontré ces derniers jours. Mon père aurait pu aussi bien lui répondre... Il paraît que tu as monté un truc insensé avec Agris ? Tu as fait disparaître tout le financement du projet Grand Sud ? Je ne donne pas cher de ta peau...

Le Français roula sur lui-même, jusqu'à se retrouver contre Kristina. Elle portait le même parfum que lorsqu'il l'avait embrassée à Saint-Pétersbourg cinq ans plus tôt[44]. Il ferma les yeux. Il n'avait aucun plan, il était prisonnier avec la femme qu'il avait cherchée si longtemps qu'une parenthèse obscure en marquait sa vie. Comme poussé par la dépression. Il y avait un avant et un après.

— Tu as vu les larves ?

Il posa la tête sous l'anneau de la chaîne de Kristina afin qu'elle puisse reposer ses mains blessées sans tirer sur les menottes. Leur position aurait prêté à sourire dans une autre situation, pourtant elle soulagea la douleur de Kristina au point qu'elle en versa des larmes. La lumière s'éteignit et ni l'un ni l'autre ne bougea pour la rallumer.

— Les reines ? J'en ai entendu parler par le biologiste en chef. Le gène d'abeille qui a permis la mutation des défenses immunitaires a bouleversé l'organisation de l'espèce mutée. Il s'en est suivi un changement de comportement. Les crevettes se sont mises à vivre en essaim, et une hiérarchie est née de la vie en communauté. Des crevettes récolteuses, des guerrières protégeant le nid. Une première reine est née. Les chercheurs pensent que cela n'a rien à voir, génétiquement, avec la mutation en laboratoire. Il s'agit d'un changement de comportement impliquant un changement social mémorisé dans les gènes et entraînant les conséquences morphologiques que tu as aperçues dans les bassins. Nos nouvelles espèces vivent et meurent en quelques semaines... L'adaptation s'est donc accélérée. Pour produire, il suffit maintenant de récolter des reines et de les transporter dans des bassins.

Le souvenir des cris des larves était encore clair dans l'esprit de Lefort. Mais il y avait autre chose dans le comportement de ces crevettes qui faisait passer au second plan l'aspect économique de cette manipulation d'apprenti sorcier.

— Je ne suis pour rien dans la partie financière dont tu parlais à l'instant. Poutine est entouré d'escrocs internationaux qui ont, tous, les

---

44 Voir *Passerelle Bankovski*, du même auteur, J.-M. Laffont, 2005.

compétences pour organiser le vidage des comptes en banque, sans avoir à utiliser Agris... J'avais décidé de plonger à Jūrmala pour aller enquêter sur place... Je devais savoir ce que ton groupe préparait pour les fermes piscicoles du projet Grand Sud. Quand je suis arrivé non loin du premier réservoir, le courant m'a fait dériver. Sans le bruit, je n'aurais jamais trouvé ma route dans la nuit. Avant qu'elles ne me sentent, elles criaient déjà. Elles avaient senti un autre danger et l'une d'elles a même essayé de me suivre quand je me suis enfui du bassin. Tu ne peux pas imaginer la force de leurs cris dans l'eau. Maintenant, j'en suis sûr... j'ai fait, sur le coup de la surprise, de l'anthropomorphisme de bas étage. Ce n'étaient pas des signaux de frayeur. Elles appelaient leur essaim. Avec sa qualité de transmission dans l'eau de mer, le son doit être audible à des centaines de kilomètres.

Dans le silence qui suivit, ils pensèrent tous deux aux conséquences sur la faune si un essaim ainsi organisé se développait dans l'océan avec, pour unique instinct social, de protéger sa reine pour défendre et nourrir son nid. Tous deux étaient plongeurs, ils savaient que l'essaim serait un cauchemar vivant.

Dans le silence de la nuit, il n'y avait que leurs deux respirations oppressées. Kristina frissonna et se blottit contre Lefort. L'agent français venait de décider que plus rien ni personne au monde ne les séparerait avant la mort.

33

Le colonel du service action, chef de la mission, avait aussi reçu le texto de Kristina, en même temps que le jeune banquier. Il le transféra sur le poste du général Carignac. À la DGSE, malgré la disparition de l'agent sous couverture Kristina et celle du commandant Lefort, la salle des opérations ne s'était pas transformée en fourmilière comme la nuit précédente. La décision avait été prise, avec les Anglais, de ne pas ralentir l'opération de destruction des installations menée par le SBS. Aux Britanniques de venger leurs hommes et de protéger les mers, aux Français de sauver leurs meubles institutionnels en jouant serré avec leur hiérarchie politique. Lefort et Kristina n'avaient jamais existé, si ce n'est dans le souvenir de leurs officiers traitants. Ils devraient se débrouiller seuls. Carignac rêva pour la première fois de sa vie d'être anglais. Au Royaume-Uni, une poignée de députés auraient pu entamer une procédure de destitution du premier ministre et faire exploser la bombe constitutionnelle. En France, seul le président pouvait entreprendre ce processus. Carignac avait convoqué ses adjoints en réunion de crise et à plusieurs reprises furent évoquées les infimes chances de revoir vivants les deux agents emprisonnés en Russie. Le général ne pouvait se résoudre à les abandonner aux mains de Poutine.

L'enjeu, pourtant, ne permettait aucune action d'éclat. Les Anglais avaient rapporté une reine de l'opération de nettoyage du golfe de Riga. Elle trônait au centre de la grande table de réunion, baignant dans du formol. Le monstre mesurait quarante centimètres et son abdomen était rempli d'œufs prêts à être fécondés. Carignac avait pris sa décision. Il appela le chef du cabinet militaire du premier ministre, qui lui offrit de le recevoir dans l'heure. Après avoir resserré sa cravate, il prit le bocal sous son bras et commanda à son adjoint action de l'accompagner. L'homme emporterait les pièces essentielles touchant les événements des semaines précédentes et ferait un rapide point tactique sur les résultats de l'opération des Anglais. À aucun moment il ne serait question d'une opération conjointe menée sans l'autorisation du cabinet du ministre de la Défense ni de la présidence. Dans les comptes rendus de missions, la DGSE n'avait été prévenue du but de la mission d'extermination menée par les commandos anglais qu'après les premières explosions. En aucun cas il ne serait fait mention de l'enquête de Carignac, ni des informations que Carignac avait reçues de l'ancien patron de la CIA à Paris : contrôler l'infiltration de Kristina au centre du dispositif russe. Carignac allait transporter habilement l'opération militaire sur le terrain, plus policé, de la politique, puis, encore plus délicatement, de la diplomatie. Pour cela, il y avait une première étape tactique à franchir. Il avait déjà en tête sa première phrase et l'air offusqué qu'il prendrait pour annoncer au général d'aviation qui commandait le cabinet militaire du premier ministre que les Anglais du SBS avaient opéré illégalement en territoire français, œuvrant à la destruction d'installations industrielles, dont le développement était suivi par le premier ministre en personne. Il appuierait ses dires en mettant sous les yeux d'un général ahuri le bocal contenant le monstre prélevé dans les eaux lettones qui aurait pu être trouvé dans les eaux des Antilles françaises. Les Anglais avaient d'autres spécimens et n'hésiteraient pas à s'en servir.

Carignac caressa une dernière fois son chien qui grognait sourdement en regardant le bocal où la reine flottait. Il se jura qu'aucun de ces monstres n'envahirait jamais la plaine entourant son village. Il l'avait promis à son ami, l'ancien maire. Le Chien en était témoin. Il laissa s'envoler une pensée vers Kristina et Jean Lefort, qui avaient disparu depuis plus de douze heures. Il devait rester concentré.

✵ ✵ ✵ ✵ ✵

Jack et deux gardes avaient fait irruption brutalement dans la pièce. Le premier avait empoigné Kristina pour l'arracher à la vue de Lefort.

La jeune femme n'avait poussé aucun cri et avait juste eu le temps de coller ses lèvres sur celles de l'espion français. Tous les mots qu'elle n'avait jamais prononcés passèrent par ce baiser furtif. Lefort cria et voulut se redresser; une volée de coups de bottes lui fit perdre connaissance un instant. Les gardes cosaques le prirent ensuite sous les bras et le traînèrent hors de la maison. En traversant le rez-de-chaussée, Lefort constata que la datcha était vide de ses occupants. Un événement inattendu avait dû entraîner l'évacuation d'urgence et le retour des invités dans leur pays d'origine. Lefort fut tassé dans le coffre d'une longue limousine après avoir été ligoté à l'aide d'une lourde chaîne d'acier. Il sut immédiatement que sa fin était proche. Il serait jeté dans un lac gelé ou dans le Dniepr. Kristina avait déjà dû subir la même fin, des mains du mercenaire de Hampton.

* * * * *

Carignac regardait le chef de cabinet. L'homme était au bord de la nausée, tant la position dans laquelle l'avait mis le directeur général de la DGSE était inconfortable. Lors du récit, le chef du cabinet militaire s'était plusieurs fois levé. Il grommelait et, à chaque étape, demandait à voir les pièces du dossier. L'homme, à nouveau assis face aux deux officiers de renseignement, tapota le bocal et eut un sursaut en croyant voir bouger l'animal. Il se reprit et finit par prononcer une phrase cohérente. Avant de parler de cette affaire grave au premier ministre, il voulait savoir ce que proposait le général pour mettre fin à la crise. Carignac laissa son adjoint faire le point des opérations militaires qui se terminaient. C'était un rude général; pendant toute sa carrière, il avait commandé des troupes spéciales en s'efforçant de les faire revenir saines et sauves des endroits les plus reculés et les plus dangereux de la planète. Le charisme du soldat était connu du chef de cabinet. L'homme relata les résultats positifs des empoisonnements des fermes piscicoles ainsi que la destruction totale des laboratoires et des installations de Genetik Corp. L'essaim qui avait causé la mort des trois plongeurs au large de l'estuaire de la Garonne avait été traqué, découvert le long des côtes françaises, puis complètement détruit. Un autre essaim, signalé en Bretagne, avait aussi été empoisonné et sa reine capturée par la marine britannique.

Carignac poursuivit en exposant le montage financier qui avait permis la création du projet Grand Sud. Grâce aux informations envoyées

par Lefort depuis Riga, la totalité des financements avait été déman-
telée et l'on avait retracé l'origine de chacun des euros versés. Il glissa
sous les yeux du général le schéma de rapatriement des fonds français, qui ne resteraient capverdiens que quelques jours et seraient apa-
trides jusqu'à ce que la Banque de France enregistre le paiement d'impôts en retard de l'ancienne banque nationalisée. Celle-ci avait reçu
l'ordre, par la vente à bon prix d'un actif immobilier endetté, de rendre
à la nation l'argent prêté par ses citoyens. Carignac releva, au passage, la fréquence des visites du chef de cabinet du premier ministre
à la datcha de Poutine, soulignant le scandale qui en résulterait si la
presse en était informée. Il garda cependant le silence sur l'escapade
du premier ministre dans le golfe de Riga, en 1997, quand l'opération
avait trouvé ses premiers partenaires. Cette partie de l'histoire n'ap-
porterait qu'une complication supplémentaire. La menace d'une crise
politique majeure au sein de l'État n'était pas suffisamment explicite
pour effrayer le chef de cabinet, juste assez poussée pour montrer
la marge d'action dont jouissait encore la DGSE. Carignac réitéra sa
confiance dans l'administration de son pays et proposa que les trois
hommes présents à la réunion rencontrent d'abord le président de
la République, puis attendent ses décisions. Il suggéra, concernant la
partie émergée de l'iceberg Genetik Corp., que la France prenne en
main, seule, le projet Grand Sud en gelant les avoirs financiers des
intervenants soutenus par le conglomérat industriel. La saisie permettrait d'attendre que l'on voie plus clair dans l'utilisation stratégique d'un bassin de haute technologie. Il proposa ensuite que rien ne
transpire de l'affaire. Il se faisait fort d'obtenir le silence des services
secrets britanniques sur ce qui aurait pu devenir une catastrophe pla-
nétaire, plus importante que l'explosion de plusieurs bombes ther-
monucléaires, ou que les conséquences du tsunami de Sendaï. Il se
gardait bien d'engager la responsabilité de l'État français.

L'honneur pouvait être sauf si les mesures étaient prises rapidement.
Avant même que Carignac ait conclu son exposé, le chef du cabinet
militaire avait déjà la main sur le téléphone rouge. Le président allait
les recevoir dans l'heure.

*****

Lefort avait senti l'accélération de la voiture et l'impact de son atter-
rissage. Au craquement et à l'angle d'inclinaison qui avaient succédé

au bruit du moteur emballé, il avait compris que la voiture avait été jetée sur une surface gelée et qu'elle s'enfonçait doucement dans un milieu liquide. Il sentit l'eau froide s'infiltrer dans les minuscules ouvertures du coffre. Il ne pouvait plus bouger.

❈ ❈ ❈ ❈ ❈

De retour dans le bureau du boulevard Mortier, Carignac et son adjoint avaient l'impression que les gardes étaient plus chaleureux que d'ordinaire. Ils avaient le sentiment du devoir accompli. Le Chien avait salué le retour de son maître comme s'il l'avait quitté plusieurs années auparavant, sautant et aboyant dans le bureau.

Le général avait commandé du whisky, il ne supportait plus le champagne.

34

KM 22, ENTRE SAINT-PÉTERSBOURG ET NOVGOROD
1er JANVIER

Jean Lefort trouva une poche d'air dans un angle du coffre. Il savait qu'il s'empoisonnait petit à petit dans le gaz carbonique que ses poumons rejetaient, mais il espérait encore que le froid qui engourdissait ses membres, plongés dans l'eau glacée, l'endormirait avant qu'il ne s'étouffe. Il pensait à Kristina, à ce dernier baiser échangé. Il se doutait que le père de la jeune femme, le général Grychine, avait organisé leur disparition en commandant une mort rapide et sans trace pour sa fille unique. Il n'avait rien pu faire pour arrêter la tragédie. Pendant un instant, il rêva à une longue vie avec la jeune femme, loin, sans témoins, dans un coin de la mer Rouge inondé de soleil.

Dans quelques jours, le montage bancaire aurait disparu des écrans de la banque et Agris serait découvert flottant dans les eaux du canal Griboïedov, victime des choix stratégiques des nouveaux maîtres du Grand Jeu. La tentative de prise du pouvoir mondial par l'accès de sa population à la nourriture serait récupérée par un autre conglomérat, américain ou chinois, et les reines de l'essaim de krill reprendraient vie par la grâce de la technologie qui traînait maintenant dans toutes les bases de données des grands services de renseignement. Il ne commettrait plus la même erreur. Il déterminerait un cahier des charges différent et une autre explosion, due à une manipulation accidentelle, polluerait à nouveau les océans. Mais il aurait pris d'autres précautions, évitant les rivages habités, se réfugiant dans des profondeurs plus secrètes, dans des paradis fiscaux aux lois fixées par le pouvoir des dollars. Le marché futur des maffias ne serait plus celui des narcotrafiquants, risqué et voué à une guerre sans fin. Il consisterait à blanchir les profits tirés de la culture et de l'industrialisation des protéines océaniques, prétendument au bénéfice de l'humanité, pour faire disparaître une chaîne alimentaire active depuis des millénaires et la remplacer par le profit.

Lefort toussa, il ne sentait plus ses mains, les muscles de son cou se durcissaient. Dans le sommeil qui l'engourdissait, il repensa à son entrevue dans le bureau du général Carignac, là-bas, si loin, dans le gris d'un Paris qu'il ne reverrait plus. Il entendit le général lui proposer une tasse de thé brûlant. Dans un éclat de rire de la folie qui le gagnait, il perdit connaissance. Au-dessus de lui, la glace se reformait. La neige recouvrait maintenant toute trace du passage de Jean Lefort dans l'histoire de l'humanité.

La mer Rouge était aussi bleue que le ciel.

Un rapace, un de ces vieux indépendants, un dieu des airs, juste un point noir à plus de trois mille mètres d'altitude, tournait au-dessus des seuls humains se trouvant à des kilomètres à la ronde, signe que la terre n'était pas aussi éloignée que le laissait croire l'ombre du Sinaï, au loin. Il ne faisait que survoler la mer, passant de l'Égypte des pyramides, sable et palmeraies du Nil, à l'Égypte aride, sculptée dans l'ocre des montagnes.

Le marin égyptien releva une nouvelle fois la drisse rouge pour vérifier que le plomb de plongée y était toujours accroché. Sur le récif de Shuab Mahmoud, il fallait surveiller la profondeur sous peine de s'échouer et de couler avec le retour du courant du nord. Un banc de dauphins, de paisibles globicéphales venant du sud, de la Somalie ou de l'océan Indien, avec leur rythme indolent et leur nez tronqué, sortirent à quelques mètres de la proue, intrigués par le bruit rythmé du choc du poids sur la surface de l'eau. Le souffle du vent était aussi fort que la respiration d'un bébé. Les voiles, pourtant réglées au plus court, claquaient en tâchant vainement de trouver un angle de poussée. Le marin cherchait le haut-fond sur lequel le capitaine avait placé une amarre artificielle la saison précédente. En mer Rouge, l'ancre est proscrite et un navire pris en flagrant délit de raclage du fond, strictement protégé par la loi, serait lourdement condamné. Un ordre sec et le moteur du bateau toussa une dernière fois pour laisser la coque, en teck plein et deux fois centenaire, tendre le cordage de l'amarre par l'effet conjugué du courant et du léger vent du nord. Le bateau était dorénavant protégé par le récif au nord et par les bancs de sable à l'est. Ils pouvaient rester ainsi jusqu'à ce que le capitaine donne l'ordre de bouger. Le désalinisateur et la profusion de la vie animale leur assuraient un sentiment d'éternité. Ils étaient amarrés dans l'antichambre du paradis.

Deux traînées de bulles d'air apparurent sur bâbord. Le capitaine et son invitée, lâchés de l'autre côté de l'île, dont la base, riche en vie sous-marine, restait l'un des plus beaux spots de plongée au monde, rentraient après plus d'une heure de promenade. Le marin descendit une bouteille d'air pour sécuriser le palier, une croix rouge peinte sur l'acier indiquant qu'aucun danger n'attendait les plongeurs à la surface.

Jean Lefort sortit le premier par l'échelle de coupée, assisté par un marin, un ancien pirate du sud de la Somalie, le visage marqué par les cicatrices rituelles. L'homme prit la bouteille du Français et l'aida sur le dernier échelon, le faisant passer sur le pont arrière. La plongeuse se présenta sur l'échelle, grimpant lourdement. Le marin laissa Lefort et tendit la main à la plongeuse qui, d'un geste assuré, dégagea sa tête de la cagoule de néoprène. Un autre mouvement, le masque descendu sous le menton, et sa chevelure brune apparut, longue et brillante d'humidité. Le marin, faisant les mêmes gestes que pour son chef, détacha les lanières de la bouteille, libéra le poids mort du dos de la femme et, de l'autre main, défit une large boucle d'acier et reçut la lourde ceinture. Lefort avait déjà retiré sa combinaison et se rinçait, nu, sous la douche du pont arrière.

— C'est un bateau de pirates, presque un de ces vieux chebeks qui coulaient les navires de commerce en Méditerranée. Il va falloir l'aménager pour recevoir une dame.

La jeune femme éclata de rire et retira sa combinaison, découvrant un élégant maillot de bain, qui se mariait parfaitement à son bronzage. Elle rejoignit le Français en criant, faisant fuir les marins. En quelques secondes, Lefort avait plongé dans la mer, poussé fortement par-dessus la rambarde du gaillard arrière. Il toussa et nagea pour revenir au bateau, grommelant une injure vers sa jeune épouse. Quand il rejoignit la douche, elle avait déjà quitté le pont pour gagner la grande cabine à l'arrière de la goélette. Il profita de ce répit pour donner des indications au premier marin sur les rochers sous lesquels il trouverait les quelques langoustes dont il voulait faire son dîner. L'homme saisit un masque et plongea aussitôt en apnée vers les calmes bouquets d'anémones, à plus de dix mètres de profondeur.

Revêtu de son pagne en tissu yéménite, Jean Lefort s'assit sur une des chaises longues de l'arrière. Il alluma un long cigare, faisant tourner la flamme de la longue allumette autour du fût de la feuille de tabac roulé. À la première bouffée, il repensa à l'expérience de ce qu'il nommait maintenant sa première mort. Ils l'avaient roué de coups, poussé au fond du coffre. Il avait suffoqué, prisonnier et impuissant, bras et jambes ligotés. En un dernier spasme dans l'eau froide, après un ultime souvenir de Carignac lui offrant du thé, il avait perdu connaissance. Il n'avait rien ressenti. Nul détail ressemblant aux récits des revenants d'un arrêt cardiaque. Pas de tunnel blanc, d'anges accueillants ni de visions déroulant sa vie entière. Seul le sourire de Carignac.

Le reste de l'histoire lui avait été raconté plus tard, dans l'avion qui le rapatriait en France. Les deux agents du MI6, dont la mission était de préparer l'action des commandos du SBS, avaient été rappelés par leur supérieur alors qu'ils s'apprêtaient à embarquer sur le vol d'Air Baltic en direction de Liverpool. La visite de Carignac auprès de la présidence de la République française avait déclenché une cascade d'actions politiques et diplomatiques entre la France orgueilleuse et le Royaume-Uni amusé. Il s'en était suivi une coopération totale entre les services des deux pays autour de la destruction de Genetik Corp., ainsi que la mise en œuvre d'une force sous-marine conjointe pour surveiller la réapparition d'une reine et, si nécessaire, la détruire. Carignac avait obtenu la direction des opérations en faisant croire à sa hiérarchie qu'il n'avait pas encore pris en main le processus de destruction des reines. Le premier ordre du nouveau chef des opérations coordonnées avait été de lancer les deux agents anglais au secours de Kristina et de Lefort. Ils étaient arrivés à temps pour suivre la voiture des gardes, la regarder s'envoler et s'écraser dans le fleuve gelé. Ils avaient eu le temps de plonger, malgré le froid, d'ouvrir le coffre et de sortir Lefort inanimé, au risque d'y rester à leur tour. Le froid de l'eau du fleuve avait sauvé le Français. Les deux agents britanniques, pratiquant à tour de rôle la respiration artificielle, l'avaient ramené au consulat du Royaume-Uni à Saint-Pétersbourg. Jean Lefort était sauvé.

Auréolé d'une volute de fumée, il sentit la présence de Kristina derrière lui. La jeune femme entoura de ses bras le cou de son époux. Elle l'embrassa plusieurs fois, attendant de voir apparaître les traces d'un frisson sur sa peau. Jean Lefort gardait les yeux ouverts, regardant le soleil se nicher derrière l'autre monde rouge, celui de l'ocre de la montagne sainte. La jeune Russe posa la tête sur l'épaule de son amant.

— Tu ne m'as jamais demandé comment je m'étais sortie des mains de Jack et des tueurs de Poutine...

— Je ne veux rien savoir...

Elle alla se placer devant lui, assise, les genoux emprisonnés par ses bras bronzés.

— Si je ne te raconte pas ce qui s'est passé, il restera toujours ce doute en toi, la pensée sourde que mon père, le colonel Grychine, m'a laissée partir contre l'assurance de ta mort au président Poutine.

— Je ne veux rien savoir, je t'aime.

Elle n'avait pas entendu la réponse de Lefort. Elle continua.

— J'ai été emmenée à l'extérieur par Jack. Traînée dans les bois. On est passés par le salon, mon père était présent. Il a juste tourné la tête, faisant un signe de la main à mon tueur. Juste les doigts, comme un geste à un opportun, sans me regarder. J'en suis restée sans voix. Ensuite, j'ai tué Jack. Si simplement, alors qu'il essayait de me violer. Je lui ai brisé le cou quand il s'est penché sur moi, d'abord un coup de tête et ensuite une torsion avec mes jambes, j'avais les mains attachées. Il est maintenant sous la neige à moins de cinquante mètres de la datcha de Poutine. J'ai trouvé la clé des menottes dans sa poche.

Un sanglot interrompit sa phrase. Elle se passa la main sur le visage, reprenant une attitude plus fière, défiant Lefort.

— J'ai réussi à voler une des voitures des gardes cosaques et à rejoindre Saint-Pétersbourg. Cachée dans le parking, j'ai vu les gardes te traîner au-dehors. J'ai vu les coups. Je ne pouvais rien faire. À Saint-Pétersbourg, quand je suis arrivée au consulat français, j'ai été arrêtée par la sécurité, droguée et exfiltrée. Il paraît que je criais ton nom dans mon sommeil. Il faut que tu me croies !

Lefort ramena la tête de Kristina sur son torse, il ne désirait qu'une seconde de paix avec elle. Un seul instant. Une éternité.

En novembre 1988, après une plongée merveilleuse sur l'épave du *Carnatic*, alors que notre boutre mouillait au large du golfe de Gubal, en mer Rouge, un gros yacht *in-board* loué par une célèbre association internationale écologique vint demander la permission de s'accrocher à notre bâbord. Les lois de la mer et la rigueur de la réglementation égyptienne, qui poursuit gravement tout mouillage sauvage, entraînèrent une invitation de notre part, sans hésitation. Nous fûmes présentés au quarteron exécutif européen, alors, nous l'apprîmes plus tard, en mission d'étude sur la pollution maritime dans le grand rack qui conduit les pétroliers du canal de Suez à l'océan Indien.

Nous avions dans l'après-midi été visités par un mérou d'une centaine de kilogrammes, âgé de plus de cinquante ans, qui nageait au-dessous de notre ketch, tranquillement, gourmand attaché aux restes et épluchures que les marins lui laissaient lors de la préparation des repas. Nous pouvions approcher de lui, d'un plongeon, sans lui faire peur et sans qu'il ne tentât jamais de s'enfuir. Il avait confiance en ces hommes qui ne tentaient jamais de le toucher, mais s'émerveillaient juste de voir sa masse paisible paresser à l'ombre de la quille.

Le soir, alors que nous les avions invités pour l'apéritif, l'Américain et le Néo-Zélandais de l'équipage écologiste nous racontèrent comment ils avaient réussi à pêcher le vieux sage pour nourrir leurs ventres d'Occidentaux. Ils se vantèrent de l'avoir éperonné au couteau, en apnée, décrivant par le menu comment les requins étaient vite accourus pour goûter à ce sang innocent répandu.

Nous hésitâmes à les jeter par-dessus bord.

Devant mon attitude soudain si froide et le silence de mes compagnons, ils remontèrent sur leur yacht confortable, se détachèrent et quittèrent notre bord pour rejoindre Sharm-el-Sheikh dans la nuit.

Nous entendîmes des « *damned Frenchies* » et autres noms d'oiseaux.

Peut-être grisés par la beauté de la nuit égyptienne, certainement attristés par ce que nous évoquons encore entre nous comme un assassinat, nous étions prêts à l'abordage pour venger notre ami poisson. Les Français voulaient couler un nouveau navire d'une association écologiste ! Presque une tradition nationale.

Salopards de massacreurs !

Je dédie ce livre à tous les véritables amoureux de la planète, ceux qui ne cachent pas leur lâcheté d'agir derrière les noms ronflants d'associations millionnaires en oubliant le respect simple et juste du beau, mais œuvrent en silence à comprendre, défendre, éduquer, pour protéger ce monde merveilleux dont nous avons hérité.

Optimiste de nature, je le dédie aussi aux nouveaux religieux de l'écologie qui tentent, à coups de milliards, de faire oublier les urgences de l'humanité pour le profit plus facile d'un « réchauffement anthropique », si hypothétique qu'il en devient une farce au regard de notre petitesse devant les forces du soleil, des nuages et autres cycles immuables, à tous les apprentis sorciers fiers de leur science consensuelle, les lobbies culturels ou économiques, sensibles à leurs seules habitudes égoïstes, les tricheurs des pays du Nord, les massacreurs japonais, les capitaines de navires exhibant, tels de macabres trophées, les ailerons des requins qu'ils ont rejetés mutilés, et ceux qui ordonnent le vidage d'une baleine encore vivante pour améliorer la qualité aphrodisiaque de sa graisse sous couvert d'études scientifiques.

Je ne crois pas aux alarmistes annonçant la fin du monde ni ne cautionne ceux pour qui l'écologie est une fumisterie non rentable. Mais j'espère que, par mes cris et mes écrits, toute ma famille des gens de mer comprendra comme un fait naturel que notre terre n'appartient pas seulement aux populations futures, mais doit d'ores et déjà être livrée à notre propre contemplation.

À Océane et Margaux, mes filles, pour qu'elles deviennent, un jour aussi, bien plus émues encore que leur père par la beauté et la fragilité du monde marin.

Yalla, mes grandes !

MARQUIS

Marquis imprimeur inc.

Québec, Canada

2012

Cet ouvrage composé en The Serif Light corps 9,75 a été achevé
d'imprimer au Québec le quatorze février deux mille douze
sur papier Enviro 100 % recyclé pour le compte de VLB éditeur.